FARELER ve İNSANLAR *

JOHN STEINBECK, babası Prusya, annesi ise İrlanda göçmeni ırgat bir ailenin çocuğu olarak, 1902 yılında Kaliforniya'nın Salinas kentinde doğdu. Çocukluk ve ilk gençlik yılları boyunca okul dışındaki zamanını Salinas Vadisi'ndeki çiftliklerde çalışarak geçirdi. Eserlerinin çoğunda da mekân olarak burayı seçti. Erken yaşlarda yazar olmaya karar veren Steinbeck, 1919'da girdiği Stanford Üniversitesi'nde yalnızca yazarlığına katk... ündüğü derslere katıldı. Öğrenimini sürd... ık, ırgatlık, marangozluk, laboran... tı. Steinbeck'in ilk romanlarından ... e ilişkilerini başarıyla yansıtabil... versiteyi bıraktıktan sonra New ... ancak yazılarının büyük kısmını ... döndü. İlk romanı *Altın Kupa* (192... 1935 yılında *Yukarı Mahalle*'nin yayınla... dikkat çekti. Bu eserini her biri birer klasik sayılan *Bitmeyen Kavga* (1936), *Fareler ve İnsanlar (1937)* ve Pulitzer Ödülü kazanan *Gazap Üzümleri* (1939) takip etti. Kitaplarında işçi sınıfının gündelik ilişkilerini, yaşam koşullarını ve mücadelelerini, döneminin ve çağımızın en temel toplumsal meselelerini tüm insani ayrıntılarıyla resmetti. *Sardalye Sokağı, Cennetin Doğusu, Al Midilli* ve daha pek çok başyapıt veren yazar 1962 yılında edebiyata katkılarından dolayı Nobel Edebiyat Ödülü ile onurlandırıldı. Eserleri edebi değerleri kadar güncellikleriyle de övgü alan ve birçoğu sinemaya da uyarlanan Steinbeck, 1968 yılında öldü.

AYŞE ECE, öğretim üyesi ve çevirmen. Saint-Benoît Fransız Lisesi'ni ve Boğaziçi Üniversitesi Mütercim-Tercümanlık bölümünü bitirdi. İstanbul Üniversitesi Çeviribilim Bölümü'nde öğretim üyesi olarak çalışmaktadır. Alain Bosquet, Vénus-Khoury Ghata, Truman Capote, Jean Genet, Alain Robbe-Grillet, Geoges Perec, Alain de Botton vb. yazarların yapıtlarını Türkçeye çevirdi. Nick Hornby, Javier Marias, Tzvetan Todorov vb. yazarların çeviri kitaplarını yayına hazırladı. Edebiyat çevirisi üzerine yazıları çeşitli dergilerde yer aldı. *Edebiyat Çevirisinin ve Çevirmeninin İzinde* adlı incelemesi 2010'da Sel Yayıncılık'tan yayımlandı.

* **SEL** YAYINCILIK / ROMAN

***SEL** YAYINCILIK
Piyerloti Cad. 11 / 3 Çemberlitaş - İstanbul
Tel. (0212) 516 96 85

http://www.selyayincilik.com
E-mail: halklailiskiler@selyayincilik.com

SATIŞ - DAĞITIM:
Çatalçeşme Sokak, No: 19, Giriş Kat
Cağaloğlu - İstanbul
E-mail: siparis@selyayincilik.com
Tel. (0212) 522 96 72 Faks: (0212) 516 97 26

***SEL** YAYINCILIK: **568**
ISBN 978-975-570-585-9

FARELER ve İNSANLAR
John Steinbeck
Roman

Türkçesi: Ayşe Ece

Özgün Adı:
Of Mice And Men

Genel Yayın Yönetmeni: İrfan Sancı
Yayına hazırlayan: Bilge Sancı
Kapak tasarımı: Savaş Çekiç
Teknik hazırlık: Gülay Tunç

Birinci Baskı: Eylül 2012
Yedinci Baskı: Ağustos 2016

Baskı ve Cilt: Yaylacık Matbaası
Fatih Sanayi Sitesi, 12/197-203
Topkapı-İstanbul, 567 80 03

Sertifika No: 11931

John Steinbeck

Fareler ve İnsanlar

Türkçesi: Ayşe Ece

Roman

Salinas Nehri, Soledad'ın birkaç kilometre güneyinde yamaç aşağı akar, nehrin suyu bu noktada derinleşir ve yeşile bürünür. Aşağıdaki küçük göle varmadan önce güneş ışığının altında sarı kumların yansımasıyla parıltılar saçarak akan su ılıktır da. Nehrin kıyısında uzanan altın rengi yamaçlar kayalık ve heybetli Gabilan Dağları'na tırmanır, vadiye bakan öteki kıyıda ise ağaçlar sıralanmıştır. Kışın taşan nehrin getirdiklerini alt dallarında taşıyan, her bahar canlanıp yemyeşil olan söğütler ve benekli, beyaz, upuzun ve kalın dallarıyla gölün üstünde bir kavis çizen çınarlar kıyı boyunca göze çarpar. Ağaçların altındaki kumlu toprak, yapraklarla öylesine bezenmiştir ki bir kertenkele orada ancak çıtırtılar eşliğinde kayarak yol alabilir. Kumlu toprağın kuru bölgesine akşamları çalıların arasından fırlayan tavşanlar gelir, nemli bölge ise geceleri dolaşan rakunların izledikleri rotayı, çiftliklerden gelen köpeklerin geniş patilerini, karanlık çökünce su arayan geyiklerin çatallı yollarını gösteren izlerle kaplıdır.

Söğütlerin arasından geçerek çınarlar boyunca uzanan bir patika vardır. Çalıştıkları çiftliklerden derin gölde yüzmeye gelen genç erkekler ve karayolundan suyun kenarında kamp kurmak için aşağı inen yorgun işsizler bu patikayı kullanırlar. Kocaman bir çınarın yere paralel uzanan, üzerine oturmuş erkeklerin ağırlığıyla iyice esnemiş alçak dalının altında çok sayıda kamp ateşinden kalan bir kül yığını vardır.

⸙

Sıcak geçen günün akşamında hafif bir esinti yaprakları oynattı. Gölgeler dağların zirvelerine doğru tırmanmaya başladı. Kumda oturan tavşanlar küçük gri taş heykelleri andırıyordu. Sonra birden karayolunun olduğu yönden çınar yapraklarını çıtırdatarak yaklaşan ayak sesleri duyuldu. Tavşanlar hiç ses çıkarmadan saklanacak bir yer aramaya koyuldular. Uzun bacaklı bir balıkçıl yavaşça havalandı ve nehrin aşağısında gözden kayboldu. Bir an derin bir sessizlik kapladı etrafı ve sonra patikanın başında iki adam göründü. Yeşil gölün kıyısında durdular. Patika boyunca biri önde, biri arkada yürümüştü; kıyıdaki geniş düzlükte bile biri hep ötekinin arkasında duruyordu. İkisinin üzerinde de kot pantolon ve sarı metal düğmeli kot ceket vardı. İkisi de başına şekli bozulmuş, siyah bir şapka takmış, sırtına da iple sıkıca bağlanmış bir battaniyeyi yüklenmişti. Öndeki adam, ufak tefek ve çevikti; keskin ve sert hatları olan esmer yüzünde gözleri fıldır fıldır dönüyordu. Vücudunun her parçasının hoş bir özelliği vardı: küçük, kuvvetli eller, biçimli kollar, ince ve kemikli bir burun. Arkasında ise onun tam tersi bir adam yürüyordu: kocaman gözleri baygın bakan, çirkin suratlı, geniş ve düşük omuzlu, iriyarı biri. Bir ayının pençelerini sürerek yürümesi gibi ayaklarını kumda bir parça sürerek ağır ağır hareket ediyordu. Kolları yürürken ileri geri sallanmıyordu vücudunun iki yanında, öylece aşağı sarkıyor, kocaman ellerinin yarattığı titreşimle çok az kıpırdıyordu.

Öndeki adam kıyıda aniden durunca arkadaki az kalsın ona çarpıyordu. Adam istifini hiç bozmadan şapkasını çıkardı, alnında biriken teri işaret parmağının ucuna toplayıp yere silkeledi. İriyarı arkadaşı da o sırada battaniyesini sırtından indirip yere çöktü ve eğilip yeşil gölün suyundan içmeye başladı; atın homurdanması gibi sesler çıkararak ağzını hiç ara vermeden suyla dolduruyordu. Ufak tefek adam sinirlenerek yanına geldi.

"Lennie!" dedi sert bir ses tonuyla. "Tanrı aşkına Lennie, bu kadar çok içme!" Lennie ağzından taşan suyu göle püskürterek kocaman yudumlar almaya devam etti. Ufak tefek adam eğildi ve arkadaşını omzundan sarstı. "Lennie, bak yine dün geceki gibi hastalanacaksın sonra."

Lennie şapkasını bile çıkarmadan kafasını olduğu gibi suya daldırdı, sonra geriye çekilip kuma oturdu. Şapkasından akan damlalar, kot ceketini ıslatarak sırtından aşağı süzüldü. "Çok güzelmiş su," dedi. "Sen de içsene George. Şöyle kocaman bir yudum alsana sen de." Yüzünde mutlu bir gülümsemeyle arkadaşına baktı.

George yükünü sırtından indirip yavaşça kuma koydu. "Bence hiç temiz değil bu su," dedi. "Üstü pis bir köpükle kaplı gibi."

Lennie kocaman pençesini göle daldırıp suyun hareketlenmesi için parmaklarını oynattı; gölün yüzeyinde oluşan halkalar genişleyerek karşı kıyıya ulaşıp geri döndü. Lennie halkaların hareketini dikkatle izliyordu. "Baksana George, bak ne yaptım?"

George gölün kıyısında diz çöktü ve avucuna aldığı sudan hızlı hızlı birkaç yudum içti. "İyiymiş tadı," diyerek arkadaşına hak verdi. "Pek akan bir suya benzemiyor ama. Böyle durgun sulardan içme bir daha Lennie," dedi arkadaşının söylediğini dinlemeyeceğini bilerek. "Susayınca sulama kanallarından iç her zaman." Yüzüne bir avuç su çarpıp çenesinin altını ve ensesini ovaladı. Sonra şapkasını takıp sırtını doğrulttu ve dizlerini karnına çekip kollarıyla sardı. Bakışlarıyla onu izleyen Lennie bu hareketlerin aynısını yaptı. Sırtını doğrulttu, dizlerini karnına çekip kollarıyla sardı ve doğru yapıp yapmadığını anlamak için George'a baktı. Şapkasını George'unki gibi durması için biraz gözlerinin üstüne eğdi.

George asık bir yüz ifadesiyle suya bakıyordu. Karanlık tam çökmeden önceki güneş ışıkları yüzüne vurduğunda gözlerinin kenarları kırmızı görünüyordu. "Pislik otobüs şoförü kendinden o kadar emin görünüp burası diye bizi indirmeseydi çiftliğin kapısına kadar gidebilirdik," dedi sinirli bir ses tonuyla. "Yolun hemen aşağısı," dedi, "'Hemen aşağısı'ymış. Neredeyse altı kilometre! Hemen aşağısı dediği yer altı kilometrelik yol. Çiftliğin kapısına kadar gitmek istemedi, bütün mesele bu işte. Oraya kadar gitmeye üşendi işte tembel herif. Soledad'a varmayı becermesi bile mucize bu herifin. Bizi otobüsten sepetleyip 'Yolun hemen aşağısı' dedi bir de hiç utanmadan. Bence altı kilometreden bile *fazlaydı* yürüdüğümüz yol. Bir de şansımıza nasıl da sıcak bir gün."

Lennie çekingen gözlerle ona baktı. "George?"

"Evet, ne var?"

"Biz nereye gidiyoruz George?"

Ufak tefek adam şapkasını kenarından tutup hızla kafasından çıkarttı ve tehdit dolu bakışlarını Lennie'ye yöneltti. "Unuttun bile, öyle değil mi? Sana tekrar söylemek zorundayım, baksana şu halime! Tanrım, sen gerçekten kaçığın tekisin!"

"Unuttum," dedi Lennie alçak bir sesle. "Unutmamak için elimden geleni yaptım. Tanrı şahidim olsun, çok uğraştım unutmayayım diye George."

"Tamam, tamam. Söyleyeceğim yeniden. Nasıl olsa yapacak başka bir işim yok şu an. Hayatımın kalan kısmını hemen unutman için sana bir şeyler söyleyerek geçirebilirim de aslında, ben sana bir şeyler tembih ederim, sen unutursun, ben bir daha anlatırım."

"Çok uğraştım," dedi Lennie, "beceremedim ama. Ha, tavşanları hatırlıyorum George."

"Tavşanların canı cehenneme! Bir tek onları hatırlayabiliyorsun, öyle değil mi? Tamam, neyse boş ver, anlatacağım bir daha. Şimdi beni bu sefer çok iyi dinle, söylediklerimi aklında iyi tut ki başımız bir daha belaya girmesin. Howard Caddesi'nde kaldırımın kenarına oturup kara bir tahtaya bakmıştık hani, hatırlıyor musun?"

Lennie'nin yüzünü mutlu bir gülümseme kapladı. "Tabii ki hatırlıyorum George. Orada oturduğumuzu hatırlıyorum ... ama ... sonra ne yaptık, onu tam hatırlayamıyorum. Birkaç kız geldi yanımıza sonra, sen bir şeyler söyledin ... sen şey dedin..."

"Boş ver şimdi benim ne dediğimi. Murray ve Ready'nin ofisine gittiğimizi, oradakilerin bize çalışma kartı ve otobüs bileti verdiğini hatırlıyor musun?"

"Ah, tamam, George. Şimdi sen söyleyince hatırladım." Ellerini hızla ceketinin ceplerine soktu. "George... Benimkiler yok. Kaybettim herhalde," dedi çok yumuşak bir ses tonuyla. Umutsuzluk içinde yere baktı.

"Seninkiler sende değildi ki zaten kaçık herif! İkimizinkiler de bende. Çalışma kartını güvenip sana verebilir miyim ben hiç?"

Lennie rahatlamış bir yüz ifadesiyle gülümsedi. "Sanki ... sanki çalışma kartımı ceketimin cebine koydum gibi hatırladım da." Elini tekrar cebine soktu.

George ona öfkeyle baktı. "Cebinden ne çıkardın sen?"

"Cebimde bir şey yok ki benim," dedi Lennie kurnazca.

"Cebinde bir şey olmadığını biliyorum. Elinde ne var, sen onu söyle. Ne saklıyorsun elinde, çabuk söyle bana."

"Bir şey yok elimde George. Gerçekten yok."

"Hadi uzatma, ver elindekini bana."

Lennie sımsıkı kapadığı avucunu George'tan uzakta tutuyordu. "Bir şey var sayılmaz ki George, küçük bir fare işte."

"Fare mi? Canlı bir fare mi?"

"Yok, yok. Ölü bir fare George. Ben öldürmedim ama. Doğru söylüyorum, ben öldürmedim. Bulduğumda ölmüştü çoktan."

"Ver onu bana," dedi George.

"Olmaz. Ne olur bırak da cebimde dursun George."

"Çabuk ver onu bana!"

Lennie'nin kapalı avucu söyleneni yavaşça yaptı. George fareyi alıp hızla gölün karşı kıyısındaki çalılığa fırlattı. "Hem ölü bir fareyle ne yapmayı düşünüyordun ki sen?"

"Yürürken başparmağımla okşarım diye düşünmüştüm," dedi Lennie.

"Benimle yürürken fare falan okşayamazsın bir yandan. Nereye gittiğimizi hatırlayabildin mi şimdi?"

Lennie'nin yüzünü şaşkınlık kapladı. Sonra utanç içinde yüzünü dizlerinin arasına gömdü. "Hatırlamıştım galiba, ama unuttum yine."

"Tanrım," dedi George çaresizlik içinde. "Yeni bir çiftlikte çalışacağız, yukarı bölgede, Kuzey'de çalışmıştık ya bir çiftlikte, öyle bir yerde çalışacağız yine."

"Kuzey'de mi?"

"Evet, Weed'de."

"Ah, evet. Hatırladım orayı. Weed'deki çiftlik."

"Şimdi çalışacağımız çiftlik buradan beş yüz metre aşağıda. Oraya gidip patronu göreceğiz. İyi dinle beni. Ben patrona çalışma kartlarını vereceğim, sen de hiçbir şey söylemeden yanımda duracaksın. Öylece yanımda durup ağzını kesinlikle açmayacaksın. Senin kaçığın teki olduğunu anlarsa kesinlikle iş falan vermez bize. Seni önce konuşurken değil de çalışırken görürse, hah işte o zaman yırttık demektir. Bu dediğimi anladın mı iyice?"

"Anladım George. Gayet iyi anladım."

"Tamam o zaman. Şimdi söyle bana, patronu gördüğümüzde sen ne yapacaksın?"

"Ben ... ben," diyerek düşüncelere daldı Lennie. Yüzünü gergin bir ifade kapladı. "Ben ... ben hiçbir şey söylemeyeceğim. Orada öylece duracağım."

"Aferin sana. Bu harika işte. Şimdi bu söylediğini iki üç kez daha tekrarla ki unutmayasın."

Lennie sakin bir tavırla kendi kendine mırıldamaya başladı: "Hiçbir şey söylemeyeceğim ... hiçbir şey söylemeyeceğim ... hiçbir şey söylemeyeceğim."

"Tamam, yeter," dedi George. "Bir de kötü bir şey yapmayacaksın, Weed'de yaptığın gibi bir şey yapmayacaksın."

Lennie şaşkınlıkla baktı. "Weed'de yaptığım gibi mi?"

"Hah, bunu da mı unuttun şimdi? Hatırlatmayacağım sana, hatırlatırsam yine yaparsın falan, boş ver."

Lennie'nin yüzünde anladığını belli eden bir ifade belirdi. "Weed'dekiler bizim peşimize düştü," diye bağırdı zafer kazanmış gibi.

"Hem de ne düşmek," dedi George nefretle. "Kaçtık. Bizi yakalamak için çok uğraştılar, ama beceremediler."

Lennie mutluluk içinde güldü. "Bunu hiç unutmadım işte."

George sırtüstü kuma uzanıp ellerini başının arkasında kavuşturdu, Lennie de hemen onu taklit etti, arada doğru yapıp yapmadığına bakmak için dikilerek. "Tanrım, nasıl da belalar açıyorsun sen başımıza," dedi George. "Kuyruğumda seni taşımasam çok daha rahat ve güzel bir hayatım olurdu benim. Güzelce yaşar hatta belki de bir kız bulurdum kendime."

Lennie bir an sessiz kaldı, sonra umut içinde "Bir çiftlikte çalışacağız George," dedi.

"Tamam, en azından bunu anlamışsın işte. Şimdi dinle beni, bu gece burada uyuyacağız, bir ara neden burada uyumak zorunda olduğumuzu anlatırım sana."

Hızla kararıyordu hava. Vadiden çekilen güneş ışığı yalnızca Gabilan Dağları'nın zirvelerinde parlıyordu. Bir su yılanı göl boyunca hızla kaydı, başı periskop gibi suyun dışındaydı. Onun hareketiyle canlanan göldeki sazlar titreşti. Karayoluna doğru uzaklarda bir yerde bir adamın bağırdığı duyuldu, hemen arkasından başka bir adamın verdiği karşılık da yankılandı. Çınar dalları kısacık süren bir esintiyle hışırdadı.

"George... Çiftliğe gidip karnımızı doyursak ya. Çiftlikte akşam yemeği verirler hep."

George yan tarafına döndü. "Sen fikir üretip durma. Sevdim ben burayı. Yarın çalışmaya başlayacağız. Aşağıda biçerdöverler gördüm. Bu demektir ki yarın koca tahıl çuvallarını sırtlanacağız, canımızı çıkaracaklar anlayacağın. Bu gece şöyle uzanıp keyfime bakacağım. Güzel işte böyle."

Lennie dizlerinin üstünde doğrulup George'a baktı. "Akşam yemeği yemeyecek miyiz yani?"

"Tabii ki yiyeceğiz, sen biraz kuru söğüt dalı toplayıp getirsene buraya. Üç kutu fasulye konservesi var yanımda. Ateş yakmak için dal topla sen önce, her şey hazır olduğunda kibrit veririm ben. Ateşimizi güzelce yakar, konserveleri ısıtıp yeriz."

"Fasulyeyi ketçapla yemeyi seviyorum ben," dedi Lennie.

"Ketçabımız yok ne yazık ki. Sen şimdi kalk biraz çalı çırpı topla. Manasızca gezinme ortalıkta. Hemen birkaç dal toplayıp gel. Birazdan iyice çökecek karanlık."

Lennie paldır küldür ayağa kalktı ve çalıların arasında gözden kayboldu. George uzandığı yerde keyifle ıslık çalmaya başladı. Lennie'nin gittiği taraftan, nehrin aşağısından su sesleri geliyordu. George ıslık çalmayı kesip bu seslere kulak verdi. "Zavallı çocuk," dedi kendi kendine, sonra yine ıslık çalmaya koyuldu.

Bu sırada Lennie çalılılığın içinden çatırdama sesleri eşliğinde çıkıverdi. Elinde kısacık bir söğüt dalı tutuyordu. George uzandığı yerde doğrulup oturdu. "Anlaşıldı," dedi sert bir ses tonuyla. "Ver şu fareyi bana."

Lennie yüzüne abartılı mimiklerle masum bir ifade vermeye çalıştı. "Ne faresi George? Fare yok ki bende."

George elini uzattı. "Hadi, ver onu bana. Saklamayı da beceremiyorsun ki."

Lennie duraksadı, bir adım geriledi, özgürlüğüne kavuşmak için kaçmayı düşünüyormuş gibi çalılığın başladığı çizgiye heyecanla baktı. "Şu fareyi kendiliğinden verecek misin bana, yoksa önce seni dövüp sonra mı alayım ben onu?"

"Neyi alacaksın ki benden?"

"Neyi alacağımı gayet iyi biliyorsun sen. Ver şu fareyi bana."

Lennie istemeye istemeye elini cebine soktu. "Niye onu cebimde tutamıyorum ben? Kimsenin faresi değil ki. Çalmadım ben onu. Yol kenarında yatıyordu, oradan aldım," derken sesi kırgındı.

George'un eli emreden bir tavırla havada asılı kalmıştı. Topu sahibine getirmek istemeyen bir köpek gibi yavaşça yaklaşan Lennie geri çekildi birden, sonra yine yaklaştı. George iki parmağını sertçe şaklattı, bu sesi duyan Lennie fareyi onun avucuna bırakıverdi.

"Kötü bir şey yapmıyordum ki ona George. Sadece okşuyordum biraz."

George ayağa kalktı, fareyi kararmakta olan çalılığa doğru olabildiğince uzağa attıktan sonra gölün kıyısına gelip ellerini yıkadı. "Sen tam bir kaçıksın. Ayaklarının ıslandığını görünce fareyi almak için nehrin öte yakasına geçtiğini anlayacağım aklına gelmedi mi?" Lennie'nin inleyerek hıçkırmaya başladığını duyunca başını ona doğru çevirdi. "Bebek gibi ağlıyor musun bir de? Hey yüce Tanrım! Senin gibi kocaman bir adamın şu yaptığına bak!" Lennie'nin dudakları titredi ve gözleri yaşla doldu. "Hadi yapma bunu ama Lennie!" George elini Lennie'nin omzuna koydu. "Sana kötülük olsun diye almadım ki onu. Fare kokmuş Lennie. Seveyim derken boynunu kırmışsın. Canlı bir fare bulursan bir süre cebinde taşımana izin veririm."

Lennie yere oturdu ve mahzun bir tavırla boynunu eğdi. "Nereden fare bulabilirim ki ben? Eskiden bir kadın vardı, o bana fare verirdi, bulduğu her fareyi getirip bana verirdi. Şimdi burada değil ki o kadın."

"Kadın mı?" diye sordu George alaycı bir ses tonuyla. "Kadın ha? Onun kim olduğunu bile hatırlamıyor musun? Senin teyzendi o kadın, hatırla, hani Clara Teyze vardı ya, o işte. Tabii bir süre sonra sana fare vermekten vazgeçti. Çünkü sen onları öldürüyordun hep."

Lennie üzüntü içinde başını kaldırdı. "O kadar küçüktüler ki," dedi özür diler gibi. "Ben okşayınca onlar da hemen parmaklarımı ısırmaya başlıyorlardı, birazcık çimdikliyordum kafalarını, hemen ölüveriyorlardı, çok küçüktüler ondan işte."

"Bir an önce tavşanları alırız umarım George. Onlar fareler kadar küçük değiller."

"Tavşanların canı cehenneme! Canlı fare falan da emanet edilmez sana. Clara Teyzen sana lastikten yapılmış oyuncak fare vermişti, eline bile almadın onu."

"Okşanmıyordu ki o," dedi Lennie.

Günbatımının son ışığının dağların zirvelerini terk etmesiyle vadi karanlığı kucakladı, söğütlerle çınarların arası alacakaranlığa büründü. Kocaman bir sazan gölün yüzeyine çıkıp ağzını havayla doldurdu ve yeniden karanlık suya daldı, gizemli hareketiyle suda gittikçe genişleyen halkalar yaratarak. Bu sırada ağaçların yaprakları yeniden titreşti ve uçuşan söğüt pamukçukları gölün yüzeyine kondu.

"Çalı çırpı getirecek misin artık?" diye sordu George. "Şu çınarın arkasında bir sürü var. Nehrin aşağıya taşıdığı çalı çırpı orada işte. Hadi getir onlardan buraya biraz."

Lennie ağacın arkasına gidip bir kucak dolusu yaprak ve dal parçası getirdi. Eski ateşlerden kalmış kül yığınının üstüne koydu onları ve biraz daha getirmek için yeniden çınarın arkasına gitti. Neredeyse gece olmuştu artık. Bir güvercinin suya değen kanatlarının ıslığı duyuldu belli belirsiz. George çalı çırpıyla kaplı kül yığınının başına geçip kuru yaprakları tutuşturuverdi. Ateş, dalları çatırdatarak harlandı. George yol boyunca sırtına yükleyip taşıdığı torbasından üç fasulye konservesi çıkardı. Onları eline alıp ateşe yakın tuttu, alevlere değmemelerine özen göstererek.

"Dört adama yetecek kadar fasulyemiz var," dedi George.

Lennie ateşin üstünden ona bakıyordu. "Ben fasulyeyi ketçapla yemeyi seviyorum," dedi sanki George'un söylediğine bir yorum yapıyormuş gibi.

"Ne yazık ki ketçap yok yanımızda," dedi George öfkeyle. "Ne yoksa yanımızda sen hemen onu istiyorsun. Tanrım yalnız olsaydım ne kadar rahat bir hayatım olurdu benim. Bir iş bulur, başımı belaya sokmadan yaşar giderdim. Kafam rahat olurdu. Ayın sonu geldiğinde de elli papeli cebime indirdiğim gibi kasabaya gider canım ne isterse onu alırdım. Bütün bir geceyi genelevde bile geçirebilirdim. Canımın istediği yerde yemek yer, otele ya da başka bir yere karnımı doyurmaya gider, canım ne çekerse onu sipariş verirdim. İşte bütün bunları her ay yapabilirdim. Koca bir şişe viski alabilirdim ya da ne bileyim bir bilardo salonuna girip kâğıt oynardım, belki de bilardo oynardım." Lennie diz çöküp ateşin üzerinden öfke içindeki arkadaşına baktı. George'un kızgınlığını görünce yüzü korkuyla gerildi. "Peki bütün bunlar yerine ne yapıyorum ben? Hiçbir şey," diyerek sinirle konuşmaya devam etti George. "Çünkü sen varsın benim yanımda. Bir işte doğru dürüst çalışamıyorsun ve senin yüzünden ben de bulduğum her işi kaybetmiş oluyorum. Ülkenin dört bir yanında iş arayarak sürünüp duruyorum. Aslında bununla da kalmıyor senin yüzünden çektiklerim. Bir işte adam gibi çalışamaman yetmiyormuş gibi bir de durmadan başını belaya sokuyorsun." Artık sesi iyice yükselmişti. "Seni gerizekâlı manyak! Ne yapıp edip benim başımı belaya sokmayı beceriyorsun." Birbirinin konuşmasını taklit eden küçük kızlar gibi ağzını büzerek konuşmaya başladı: "Kızın elbisesine dokunmak istemiştim sadece... O elbiseyi bir fareyi okşar gibi okşamak istemiştim... Peki o kız sadece elbisesine dokunmak istediğini nereden bilebilirdi? Kız geriye çekildikçe sen sanki bir fareyi yakalıyormuş gibi tutmaya çalıştın kızı. Bağırmaya başladı o da avaz avaz tabii. Biz ne yaptık? Bütün bir gün boyunca bir sulama kanalında saklanmak zorunda kaldık peşimize düşen adamlara yakalanmayalım diye. Karanlık olunca çıkabildik ancak su kanalından, sonra da o çiftlikten ayrılmak zorunda kaldık. İşte hayatımız hep böyle geçiyor bizim, başımıza hep böyle bir şey geliyor. İçinde bir milyon farenin olduğu bir kafese tıkabilsem seni keşke, orada eğlenip dururdun kendi kendine." George'un öfkesi birden yatıştı. Ateşin üzerinden Lennie'nin kederli yüzüne baktı, sonra da utanç içinde gözlerini ateşe indirdi.

Artık karanlık tam olarak çökmüştü, yaktıkları ateş ağaçların gövdelerini ve yukarıdan suya eğilen dallarını aydınlatıyordu. Lennie ateşin çevresinde dikkatli bir biçimde, usulca emekleyerek George'un yanına geldi. Doğrularak topuklarının üzerine oturdu. George elindeki konserveleri öteki taraflarının da ısınması için döndürdü. Lennie'nin bu kadar yanına sokulduğunu fark etmemiş numarası yapıyordu.

"George," dedi alçak bir sesle. Yanıt yok. "George!"

"Ne var?"

"Şaka yaptım George. Ketçap falan istemiyorum ben. Şurada dibimde olsa bile ketçap dökmem fasulyemin üstüne."

"Burada ketçap olsaydı tabii ki dökerdin fasulyene."

"Hayır, dökmezdim, istemiyorum ketçap George. Burada olsaydı hepsini sana verirdim. Sen fasulyenin üstüne dökerdin hepsini, ben bir damla bile almazdım."

George asık suratıyla ateşe bakmaya devam etti. "Sen yanımda olmasaydın nasıl bir hayatım olacağını hayal ettiğimde çıldıracak gibi oluyorum. Sakin ve huzurlu geçen tek bir dakikam yok sen yanımda olduğun sürece."

Lennie hâlâ dizlerinin üstünde duruyordu. Nehrin ötesindeki karanlığa dikti gözlerini. "George, istersen gideyim ben yanından, yalnız bırakayım seni?"

"Nereye gidebilirsin ki sen?"

"Giderim bir yerlere. Şuradaki tepelere gidebilirim. Orada bir yerde bir mağara bulurum belki."

"Gerçekten mi? Peki ne yiyeceksin orada? Yiyecek bir şeyler bulmayı bile beceremezsin ki sen."

"Bir şeyler bulurum George. Üstüne ketçap dökeceğim güzel bir şeyler yemeyiveririm ben de. Bütün gün güneşin altında yatarım, kimse de beni bulup canımı yakamaz. Sonra orada bir de bir fare bulursam yanıma alırım onu da. İşte orada kimse onu benden alamaz."

George birden başını çevirip merakla arkadaşına baktı. "Çok kötü şeyler söyledim sana, öyle değil mi?"

"Beni istemiyorsan tepelerden birine çıkıp orada kendime bir mağara bulabilirim. Sen gitmemi söyle, ben hemen yok olurum."

"Yok öyle bir şey Lennie. Dalga geçiyordum ben. Tabii ki senin yanımda olmanı istiyorum. Fare meselesine gelince, bizim asıl sorunumuz senin onları öldürmen," diyen George bir an durakladı. "Lennie bak şöyle yapalım biz. İlk fırsatta senin için bir köpek yavrusu bulacağım. *Onu* öldürmezsin belki. Fareden daha iyi senin için köpek yavrusu. Onu biraz daha sert okşayabilirsin."

Lennie yemi yutmadı. George'un kendisini affettirmeye çalıştığını anlamıştı. "Beni yanında istemiyorsan söyle yeter. Ben de tam şuradaki tepelerden birine çıkarım... Tam şu tepeye işte ve orada bir başıma yaşar giderim. Kimse de faremi zorla elimden almaz orada."

"Seni yanımda istiyorum tabii ki Lennie. Tanrı aşkına tek başına o tepelerde gezersen seni çakal diye vuruverirler. Benim yanımda olacaksın sen. Clara Teyzen öldü, tamam bunu biliyoruz ama şunu da unutma ki o da senin tek başına yaşamanı hiç ama hiç istemezdi," dedi George.

"Hadi anlatsana yine... Eskiden anlattığın gibi," dedi Lennie arkadaşının yumuşaklığından faydalanmak istercesine.

"Neyi anlatayım?"

"Tavşanları."

"Yumuşadım diye bunu istemeye hakkın yok benden," dedi George arkadaşını tersleyerek.

"Lütfen ama George. Lütfen anlat bana. Daha önce anlatmıştın ya yine anlat işte o seferki gibi."

"Bayılıyorsun değil mi buna? Peki anlatacağım bir kez daha, sonra da yemeğimizi yeriz..."

George'un sesi derinleşti birden. Sözcükler belli bir ritim içinde akıyordu ağzından, sanki onları daha önce pek çok kez söylemişti. "Bizim gibiler, çiftlikte çalışan erkekler yeryüzündeki en yalnız erkeklerdir. Onların aileleri yoktur. Kendilerini hiçbir yere ait hissetmezler. Bir çiftliğe gelir, çalışır, biraz para kazanırlar, sonra kasabaya gidip kazandıklarını birkaç saat içinde harcarlar, bir de bakarsın ki yeniden yola düşmüşler başka bir çiftliğin kapısını çalmak için. Hayattan hiçbir beklentileri yoktur onların."

Lennie'nin yüzünü mutlu bir ifade kaplamıştı. "Evet, evet bu işte. Şimdi de bizimle ilgili yeri anlat."

George anlatmaya devam etti. "Ama biz onlar gibi değiliz. Bizim bir gelecek planımız var. Söylediğimizi dinleyen, bize önem veren biri var yanımızda. Gidecek başka bir yerimiz olmadığı için bir barda oturup burnumuzu viski bardağına sokmak zorunda değiliz. Onlar hapse girseler tek başlarına çürürler orada, bir arayanları olmaz. Biz onlar gibi değiliz."

Lennie araya girdi. *"Biz onlara benzemeyiz! Peki neden? Çünkü... Çünkü sen varsın benim yanımda ve ben varım senin yanında, bu yüzden işte..."* Keyif içinde güldü. "Şimdi anlatmaya kaldığın yerden devam et George."

"Ezbere biliyorsun zaten. Gerisini de sen anlat."

"Hayır, hayır, sen anlat. Ben bazı şeyleri unutuyorum. Hadi, sonra neler olacağını anlat."

"Peki, tamam. Günün birinde parayı denkleştirip küçük bir ev satın alacağız, birkaç dönüm toprağımız olacak, bir ineğimiz, birkaç domuzumuz ve..."

"Ve ihtiyacımız olan her şey kendi toprağımızda olacak," diye bağırdı Lennie. *"Tavşanlarımız* da olacak. Anlatmaya devam et George! Bahçemizde neler olacağını söylesene. Kafeslerdeki tavşanları, kışın yağan yağmuru ve içimizi ısıtan sobayı, sütün üzerindeki kaymağın kalınlığını, hani o kadar kalın ki bıçakla zor kesiyoruz onu, bunları anlatsana George."

"Neden kendin anlatmıyorsun? Hepsini biliyorsun işte."

"Hayır ben değil, sen anlat lütfen. Ben anlatınca güzel olmuyor. Hadi lütfen, devam et George... Tavşanlara ben nasıl bakacağım, onu anlatsana."

"Peki," dedi George. "Büyük bir sebze bahçemiz, bir kümes dolusu tavşanımız ve bir de tavuklarımız olacak tabii. Kışın yağmur yağdığında boş ver işi gücü deyip sobanın içini iyice doldurup kibriti çakacağız, sonra da sobanın yanına oturup sıcacık evimizde çatıya damlayan yağmuru dinleyeceğiz. Aman be, keçileri kaçırdık ikimiz de iyice!" Çakısını çıkardı. "Yeter bu kadar." Fasulye konservelerinden birinin tepesini çakısıyla delip açtı ve Lennie'ye uzattı. İkinci konserveyi de açtı. Kot ceketinin cebinden iki kaşık çıkarıp birini Lennie'ye verdi.

Ateşin başına oturup konservelerini kaşıklamaya başladılar, fasulyeleri sertçe çiğniyorlardı. Lennie'nin ağzının kenarından birkaç fasulye tanesi yere düştü. "Patron yarın sana soru sorduğunda ne diyeceksin?" diye sordu George kaşığını sert bir tavırla sallayarak.

Lennie ağzındaki lokmayı çiğnemeyi bırakıp yutuverdi. Yüzünde dikkatini toplamaya çalıştığını belli eden bir ifade vardı. "Hiçbir ... hiçbir şey ... söylemeyeceğim."

"Aferin sana! Becerdin Lennie. Bak önemli şeyleri aklında tutmayı başarıyorsun. Birkaç dönüm toprağımızı aldığımızda belki de tavşanların bakımını sen üstlenebilirsin. Tabii eğer şimdiki gibi hatırlayabilirsen söylediklerimi."

Lennie'nin sevinçten nefesi kesildi. "Hatırlayabiliyorum işte," dedi.

George yine kaşığını ona doğru salladı.

"Dinle beni Lennie. Şimdi etrafımıza iyice bir bakmanı istiyorum. Burayı aklına kazı. Hatırlayabilirsin değil mi burayı? Gideceğimiz çiftlik şu tarafta, tam beş yüz metre ileride. Nehri takip edeceksin sadece. Anladın mı?"

"Tabii anladım," dedi Lennie. "Burayı aklımda tutarım. Hiçbir şey söylemeyeceğimi hatırladım, öyle değil mi?"

"Hatırladın tabii ki. Dinle beni Lennie. Başka çiftliklerde olduğu gibi orada da başını belaya sokarsan hemen buraya gel ve çalılıkta saklan."

"Çalılıkta saklanacağım," dedi Lennie alçak bir sesle.

"Çalılıkta saklanacaksın ben gelip seni bulana kadar. Bunu aklında tutabilecek misin?"

"Tabii ki George. Sen gelene kadar çalılıkta saklanacağım."

"Ama zaten sen başını belaya sokmayacaksın. Olur da bunu yine yaparsan tavşanlara bakmana izin vermem." Elindeki boş konserveyi çalılığa fırlattı.

"Başımı belaya sokmayacağım George. Hiçbir şey söylemeyeceğim."

"Tamam o zaman. Hadi git şimdi, battaniyeni buraya getir. Ateşin başında uyumak güzel olacak, üstümüzdeki yapraklara, gökyüzüne bakarak. Ateşi besleme artık. Bırakalım kendi kendine sönsün."

Yataklarını kumun üstüne yaptılar. Ateşin parıltıları azaldıkça etrafları da kararmaya başladı. Üzerlerinde kıvrılan ağaç dalları görünmez oldu, titrek bir ışık ağaçların gövdelerine belli belirsiz yansıdı. "George... Uyudun mu?" diye seslendi Lennie karanlığın içinden.

"Hayır. Ne oldu?"

"Tavşanlarımız farklı renklerde olsunlar."

"Tamam, olur," dedi George uykulu bir ses tonuyla. "Kırmızı, mavi ve yeşil tavşanlardan alırız. Milyonlarca tavşan alırız."

"Tüylülerden alalım George. Sacramento'daki panayırda gördüklerimden."

"Tamam, onlardan da alırız."

"George biliyorsun ki kendi yoluma gidip bir mağarada da yaşayabilirim ben."

"Cehenneme gitmeye ne dersin?" dedi George. "Kapa çeneni artık."

Kömürleşmiş dalların üstündeki kırmızı ışık sönmek üzereydi. Nehre bakan tepelerden birinde bir çakal uludu, suyun öteki tarafından bir köpeğin yanıtı duyuldu. Çınar yaprakları hafif bir gece esintisiyle fısıldaşmaya başladı.

İşçilerin yatakhanesi, uzun, dikdörtgen, derme çatma bir kulübeydi. İç duvarları kabaca beyaza boyanmıştı, yerler ise hiç ellenmemişti. Üç duvarda kare şeklinde küçük pencereler, dördüncüde ise tahta mandallı, sağlam bir kapı vardı. Duvar kenarlarına sekiz yatak yaslanmıştı, beşinin üstü battaniyeyle kaplıydı, öteki üçünün çuval bezinden dikilmiş şilteleri açıkta duruyordu. Her yatağın üstüne tahta bir elma kutusu çivilenmişti, kutunun kapağı öne bakıyordu, böylece yatağın sahibinin kişisel eşyalarını koymak için iki rafı oluyordu. Raflar, sabun, talk pudrası, tıraş bıçağı gibi ufak tefek eşyalarla ve işçilerin dalga geçerek ama yine de bayıla bayıla okudukları kovboy dergileriyle doluydu. Bir de ilaçlar, küçük şişeler ve taraklar vardı raflarda. Elma kutularının kenarlarına çakılmış çivilere birkaç kravat asılmıştı. Duvarlardan birinin önünde siyah dökme demirden bir soba vardı, borusu hiç kıvrılmadan dosdoğru tavana yükselip oradan dışarı çıkıyordu. Odanın ortasında kare şeklinde, büyük bir masa vardı, üstünde iskambil kâğıtları gelişigüzel saçılmıştı, etrafında ise kâğıt oynayanların oturması için sandıklar vardı.

Sabah saat ona yaklaşırken parlak ve tozlu bir güneş ışığı yan pencerelerin birinden içeri girdi. Sinekler ışığın içine kayan yıldızlar gibi hızla girip çıktı.

Kapının üstündeki tahta mandal oynadı. Kapı açıldı ve uzun boylu, düşük omuzlu, yaşlı bir adam içeri girdi. Mavi kot pantolon giymişti, sol elinde kocaman, uzun saplı bir süpürge vardı. Onun arkasından George, George'un arkasından da Lennie girdi içeri.

"Patron sizi dün gece bekliyordu," dedi yaşlı adam. "Bu sabah işbaşı yapmadığınızı görünce çok sinirlendi." Yatakları göstermek için sağ kolunu kaldırdığında gömlek kolunun içinden sopayı andıran, yuvarlak uçlu bir bilek çıktı. Sağ eli yoktu. "Şu iki yatak sizin," derken tuhaf bileğiyle sobanın yanındaki şilteleri açıkta olan iki yatağı işaret etti.

George yatağının önüne gitti. Sırtındaki battaniyesini şilte yerine geçen çuval bezinin üstüne indirdi. Hemen üstteki tahta kutunun raflarına baktı, küçük, sarı bir teneke kutuyu gördüğü gibi eline aldı. "Bu nedir?"

"Bilmem," dedi yaşlı adam.

"Üstünde 'Her türlü bit ve haşereyle mücadelede kesin etkilidir' yazıyor. Bu yataklar ne halde kim bilir? Bitlenmeyelim burada."

Yaşlı temizlikçi süpürgeyi yan tarafına alıp dirseğiyle beli arasında sıkıştırdı, teneke kutuyu almak için elini uzattı. Etiketi dikkatle inceledi. "Bak sana ne diyeceğim," dedi etikete uzun bir süre baktıktan sonra. "Senden önce burada yatan demirci çok iyi biriydi, görüp göreceğiniz en temiz adamdı. Yemek yedikten *sonra* bile gidip ellerini yıkardı."

"O zaman nasıl bitlendi bu adam?" George'un sinirlendiği her halinden belliydi. Lennie battaniyesini hemen yanındaki yatağa koyup oturdu. Ağzı açık bir halde George'a bakıyordu. "Dinlesene beni," dedi yaşlı temizlikçi. "Demirci, Whitey'ydi adı, ortada bit, pire falan görmese bile bu ilaçlardan alıp oraya buraya serperdi, olur da bir tane bir yerlerden gelirse hemen icabına bakmak için. Anladın mı nasıl biri olduğunu? Haşlanmış patates yerken kabuğunu önce hızla soyar, sonra hiç kabuk kalmış mı diye uzun uzun elindeki patatesi incelerdi. Yumurtasında kırmızı bir leke görürse orasını mutlaka koparıp atardı. Sonunda da zaten yemekleri beğenmediğinden bıraktı işi. Çok ama çok temiz bir adamdı. Pazarları dışarı çıkmadığında bile mutlaka güzel giyinir, hatta kravat bile takar, o şık haliyle burada otururdu."

"Pek mantıklı gelmedi bu anlattıkların," dedi George kuşkulu bir ifadeyle. "İşi neden bıraktı dedin?"

Yaşlı adam sarı teneke kutuyu cebine koydu, parmaklarının boğumlarıyla beyaz, sert sakalını ovuşturdu. "Gitti... Gitti işte..., herkes gibi o da bir süre sonra bıraktı işi. Yemek kötü, ondan gidiyorum dedi. Bence sıkıldı, başka bir çiftliğe gitmek istedi. Yemeği de bahane etti. Bir gece, ayrılma vaktinin geldiğine karar veren tüm işçiler gibi, 'kapayın benim hesabımı da gideyim ben' dedi."

George yastığını kaldırıp altına baktı. Eğilip iyice inceledi çuval bezini. Onu gören Lennie de ayağa kalktı hemen ve o da George gibi yastığını kaldırıp çuval bezini incelemeye koyuldu. George'un söylenenlerden ve gördüğünden tatmin olmuş bir hali vardı. Torbasını açtı, içinden çıkardıklarını rafa koydu: tıraş bıçağı, bir kalıp sabun, tarak, bir kutu ilaç, bir kutu merhem ve deri bir bileklik. Battaniyesini özenle şiltenin üzerine serdi. "Patron birazdan gelir. Bu sabah sizi görmeyince sinirden çıldırdı. Biz kahvaltı ederken geldi ve 'Yeni adamlar hangi cehennemin dibinde?' diye bağırıp durdu. Sonra da ahırdaki seyise saldırdı."

George battaniyesindeki bir kırışıklığı düzeltip oturdu. "Seyise mi saldırdı?"

"Ya, öyle. Seyis zenci de."

"Zenci mi?"

"Evet. Ama iyi çocuktur. Kamburdur, at sırtını tepmiş, o gün bugün kambur. Patron sinirlenince hıncını ondan çıkarır. Ama seyis pek aldırmaz ona. Boyuna kitap okuyup durur. Odasında bir sürü kitap var."

"Patron nasıl biri, anlatsana bana biraz."

"İyi adamdır aslında. Bazen çok sinirli olur, ama genellikle iyidir. Bak ne diyeceğim sana? Noel'de ne yaptı biliyor musun? Buraya bir fıçı viski getirdi ve 'İçebildiğiniz kadar için çocuklar. Noel dediğin yılda bir kez gelir' dedi."

"Sahi mi? Bir fıçı viski getirdi ha?"

"Evet efendim, sahi söylüyorum. Tanrım, ne eğlendik o gece! Zencinin gelmesine de izin verdi çocuklar. Ufak tefek arabacı Smitty zenciyle dövüş tuttu. Bayağı da iyi dövüştü bizim Smitty. Çocuklar ayaklarını kullanmasına izin vermeyince zenci kazandı dövüşü. Smitty ayaklarını kullanabilse zenciyi öldüreceğini söyledi. Ama çocuklar tabii zencinin kamburu var diye Smitty'ye de ayaklarını kullanmayı yasaklamışlardı." O güzel geceyi hatırlamanın verdiği hazla kısa bir süreliğine sustu. "Sonra çocuklar Soledad'a gidip dağıtmışlar iyice. Ben gitmedim onlarla. Eski halim yok artık."

Battaniyesini sermeye uğraşan Lennie işini bitirmek üzereydi. O sırada tahta mandal yine kalktı ve kapı açıldı. Ufak tefek, tıknaz bir adam duruyordu eşikte. Üstünde siyah bir mont, düğmeleri iliklenmemiş siyah bir yelek, kalın kumaştan bir gömlek ve mavi kot pantolon vardı. Parmaklarını kemerinin kare şeklindeki, çelik tokasının iki yanındaki halkalara geçirmişti. Başında toz toprak içinde bir kovboy şapkası vardı, işçi olmadığı belli olsun diye de tokalı, topuklu kovboy çizmelerinden giymişti.

Yaşlı temizlikçi eşikteki adama hızla bir bakış atıp, parmak boğumlarıyla sakalını ovuşturarak kapıya yöneldi. "Çocuklar şimdi geldi," dedi ve patronun yanından geçip dışarı çıktı.

Patron kalın bacaklı insanlara özgü kısa ve hızlı adımlarla içeri girdi. "Murray ve Ready'ye bu sabah iki adam yollamalarını yazmıştım. Çalışma kâğıtlarınız yanınızda mı?" George kâğıtları cebinden çıkarıp patrona uzattı. "Murray ve Ready'nin hatası yokmuş. Kâğıtta bu sabah işbaşı yapacağınız yazıyor."

George başını öne eğip ayaklarına baktı. "Otobüs şoförü bilmiyormuş burayı, bizi yanlış yerde indirdi," dedi. "On beş kilometre yürümek zorunda kaldık. Gideceğiniz yer burası diye indirdi bizi şoför, ama yanlış biliyormuş. Sabah da buraya gelmek için otobüs bulamadık."

Patron gözlerini kısarak baktı George'a. "Tahıl işçilerini iki kişi eksik göndermek zorunda kaldım. Şimdi gitmenizin hiçbir anlamı yok. Akşam yemeğinden sonra gidersiniz." Cebinden işçi defterini çıkartıp arasına kurşun kalem koyduğu yerden açtı. George manidar ve sert bir bakışla Lennie'yi süzdü, Lennie de anladığını belli etmek istercesine başını öne doğru salladı. Patron kalemini ısırdı. "Adın ne senin?"

"George Milton."

"Peki seninki?"

"Onun adı Lennie Small," dedi George.

İsimler deftere kaydedildi. "Evet, bugün ayın yirmisi, yirmisi öğleden sonra." Defterini kapattı. "Nerede çalışıyordunuz siz önceden?"

"Yukarıda, Weed tarafında."

"Sen de mi?" diye Lennie'ye sordu.

"Evet, o da," dedi George.

Patron şakacı bir tavırla parmağını Lennie'ye doğru salladı. "Konuşmayı pek sevmiyor galiba, öyle mi?"

"Evet, haklısınız, sevmez pek, ama çok iyi bir işçidir. Öküz gibi kuvvetlidir."

Lennie gülümsedi kendi kendine. "Öküz gibi kuvvetli," diye tekrar etti.

George sert bir bakış attı ona. Lennie unuttuğu için utanarak başını öne eğdi.

"Bana bak Small!", dedi birden patron. Lennie başını kaldırdı. "Ne iş gelir senin elinden?"

Paniğe kapılan Lennie yardım istercesine George'a baktı. "Ne iş verirseniz yapar," dedi George. "İyi araba sürer, tahıl çuvallarını sırtlanır ve traktör kullanır. Her işi yapar. Yeter ki bir deneyin onu, kendi gözünüzle göreceksiniz."

Patron George'a döndü. "Neden onun konuşmasına izin vermiyorsun? Yoksa sakladığın bir şey mi var?"

George sesini yükselterek yanıtladı hemen: "Yanlış anladınız beni, akıllı biri olduğunu söylemedim onun. Akıllı değildir. Ama çok iyi bir işçidir. İki yüz kiloluk bir balyayı bile rahatlıkla sırtlanır."

Patron küçük defterini dikkatle cebine koydu. Önce kemerine geçirdiği parmaklarına yöneldi bakışları, sonra da tek gözünü neredeyse kapanacak denli kısarak George'a baktı. "Bana bak senin asıl derdin ne, söyle bakalım?"

"Anlamadım?"

"Bu adamdan ne avantan var senin? Parasını kendi cebine mi indiriyorsun yoksa?"

"Hayır, tabii ki parasını almıyorum. Onu kullandığımı da nereden çıkardınız?"

"Bir adamın başka bir adam için kendisini bu kadar zahmete soktuğunu daha önce hiç görmedim de. Bu işten çıkarın ne senin, onu soruyorum ben."

"O benim ... kuzenim. Yaşlı annesine ona göz kulak olacağıma söz verdim. Çocukken kafasına bir at çiftesi yemiş. Pek bir şey olmamış aslında. Sadece aklı kıt biraz. Ama ne iş isteseniz yapar en iyi biçimde."

Patron kapıya yönelmişken durdu. "Neyse... Arpa çuvallarını sırtlanmak için akıllı olması gerekmez zaten. Ama sakın bir şey saklayayım deme benden Milton, gözüm üzerinde, bunu iyi bilesin. Weed'deki çiftlikten niye ayrıldınız?"

"İş bitmişti de ondan," dedi George hızla.

"Ne işi?"

"Biz... Biz lağım çukuru kazıyorduk."

"Peki tamam. Bir şeyler saklayayım deme sakın, yanlışın olursa yakalarım seni hemen. Akıllı çocuklar çok geldi geçti buradan. Akşam yemeğinden sonra tahıl işçileriyle birlikte gidin. Biçerdöverden çıkan arpaları topluyorlar. Slim'in ekibiyle çıkın siz de."

"Slim mi?"

"Evet. İriyarı arabacı. Akşam yemeğinde görürsünüz onu," diyen patron ani bir hareketle dönüp kapıya yöneldi, ama çıkmadan önce birden durup iki adamı uzun uzun süzdü.

Patronun ayak sesleri duyulmaz olunca George Lennie'ye döndü. "Hani hiçbir şey söylemeyecektin? O koca çeneni kapalı tutup konuşmayı bana bırakacaktın hani? Az kalsın bu işten de oluyorduk."

Lennie yüzünde çaresiz bir ifadeyle ellerine baktı. "Unuttum George."

"Evet, evet unuttun işte. Sen hep unutuyorsun, ben de boyuna sen unutma diye tembihler yapıp duruyorum." Yatağın üstüne attı kendini.

"Şimdi mimledi bizi. Artık çok dikkatli olmamız gerek, kesinlikle hiç hata yapmamalıyız. O koca çeneni kapalı tutmayı unutma sakın." Yüzü iyice asılmıştı, derin bir sessizliğe gömüldü.

"George!"

"Ne var?"

"Beni at tepmemişti, öyle değil mi George?"

"Keşke tepseymiş," dedi George haince. "Bir sürü insanın başı beladan kurtulurdu böylece."

"Benim senin kuzenin olduğumu söyledin George."

"Yalan söyledim tabii ki. Kuzenim falan değilsin, iyi ki de değilsin. Sen benim akrabam olsan kendimi vururdum üzüntüden." Birden konuşmayı kesti, açık kalmış kapıya yürüdü ve dışarı baktı. "Sen orada saklanmış bizi mi dinliyordun yoksa?"

Yaşlı adam yavaş adımlarla içeri girdi. Süpürgesi elindeydi yine. Ayağının dibinde ağzındaki ve burnundaki tüyler yaşlılıktan grileşmiş, gözlerinin feri sönmüş, topal bir çoban köpeği vardı. Topallayarak zar zor içeri giren köpek kendini duvarın dibine attı, güvelerin yiyip delik deşik ettiği gri tüylerini hafifçe homurdanarak yalamaya koyuldu. Temizlikçi, köpek duvarın dibine yerleşene kadar dikkatlice onu izledi. "Dinlemiyordum ki sizi. Gölgede durmuş, köpeğimin sırtını kaşıyordum. Çamaşırhanenin temizliğini daha yeni bitirip buraya geldim."

"O koca kulaklarını içeri dikmiş, bizi dinliyordun," dedi George. "Meraklı tipleri hiç sevmem ben."

Yaşlı adam rahatsız bir tavırla bir George'a, bir Lennie'ye baktı, sonra bakışlarını yine George'a yöneltti. "Şimdi geldim ben buraya," dedi. "Sizin konuşmalarınızı hiç duymadım. Zaten sizin konuşmalarınızdan bana ne. Çiftlikte çalışan biri ne başkalarının konuşmalarını dinler, ne de onlara soru sorar."

"Doğru diyorsun, tabii ki bunları yapmaz," dedi George biraz yumuşamış bir ifadeyle, "eğer işini kaybetmek istemiyorsa tabii." Temizlikçinin kendisini savunmak için söylediklerine inanmış görünüyordu. "Otursana bizimle biraz," dedi. "Amma yaşlanmış bu köpek."

"Evet, yaşlandı. Yavruydu daha onu aldığımda. Gençliğinde çok ama çok iyi bir çoban köpeğiydi." Süpürgesini duvara yasladı ve eliyle beyaz sert bir sakalla kaplı yanağını sıvazladı. "Patronu sevdin mi?" diye sordu.

"İyi birine benziyor bence."

"İyidir," diye onayladı temizlikçi. "Sözünü dinlemezlik etmeyin sakın ama."

Bu sırada yatakhaneye genç bir adam girdi. Esmer tenli, kahverengi gözlü, kıvırcık saçlı, sıska bir gençti. Sol elinde iş eldiveni vardı, patron gibi topuklu kovboy çizmesi giymişti. "Babamı gördün mü?" diye sordu.

"Bir dakika önce buradaydı Curley. Yemekhaneye gitti herhalde."

"Gidip orada yakalayayım onu," dedi Curley. O sırada yeni adamları görünce olduğu yerde kaldı. Soğuk bakışlarla önce George'u, sonra Lennie'yi süzdü. Kollarını yavaşça kıvırdı, ellerini yumruk yaptı. Kendini kastı ve hafifçe öne eğildi. Kavgacı bakışlarla karşısındakini ölçüp biçiyor gibiydi. Lennie bu bakışların altında kendini iyice kötü hissetti ve gerginlikten ayaklarını hafifçe oynattı. Curley ihtiyatlı adımlarla yanına yaklaştı. "İhtiyarın beklediği yeni adamlar siz misiniz?"

"Az önce geldik," dedi George.

"Bırak da şu koca çocuk konuşsun."

Lennie utançla olduğu yerde kıvrandı.

"Konuşmak istemiyor galiba," dedi George.

Curley vücudunu kasarak bir iki küçük adım attı. "Bu da ne demek oluyor? Soru sorulduğunda cevap vermek zorunda. Hem sana ne oluyor, niye sen onun yerine cevap veriyorsun?"

"Biz birlikte yolculuk ediyoruz," dedi George mesafeli bir ses tonuyla.

"Demek öyle."

George gergin bir tavırla hiç kıpırdamadan Curley'ye bakıyordu."Evet öyle."

Lennie çaresizlik içinde ne yapması gerektiğini işaret etmesi için George'a bakıyordu.

"Koca çocuğun konuşmasına izin vermiyorsun, doğru mu anlamışım ben?"

"Sana bir şey söylemek istiyorsa konuşabilir tabii ki." Lennie'ye bakıp başını evet anlamına gelecek şekilde salladı.

"Az önce geldik," dedi Lennie alçak bir sesle.

Curley gözünü hiç kırpmadan Lennie'ye baktı. "Bir dahaki sefere soru sorulduğunda cevap vermeyi unutma sakın." Dirsekleri hâlâ hafif kıvrık bir halde kapıya dönüp çıktı.

George, Curley'nin dışarı çıkmasını izledi, sonra temizlikçiye döndü. "Bu adamın nesi var böyle? Lennie ona bir şey yapmadı ki."

Yaşlı adam etrafta kimse var mı diye bakındı, kimsenin olmadığını görünce alçak sesle konuşmaya başladı: "Curley, patronun oğludur. Elinden de çok iş gelir, beceriklidir. Boksta da çok iyidir. Hafifsıklettir, ama iyidir."

"Tamam becerikliyse becerikli," dedi George. "Lennie'ye ne diye saldırıyor ki? Lennie hiçbir şey demedi ki ona. Ne diye taktı Lennie'ye?"

Temizlikçi düşündü bir süre, sonra konuşmaya başladı: "Bak sana ne diyeceğim. Curley, ufak tefek adamların çoğu gibi iriyarı adamlardan nefret eder. İriyarı adamlarla ne yapar eder bir kavga çıkarır mutlaka. Öyle bir hali var ki sanki kendi ufak tefek olduğu için iriyarılardan nefret eder. Böyle ufak tefek adamları bilirsin sen de? Hani hep böyle kavga çıkarmaya çalışanları?"

"Bilirim tabii," dedi George. "Kavgacı küçük adamlardan çok gördüm. Ama Curley Lennie'ye sataşmasa iyi olur. Lennie belki Curley gibi becerikli değildir ama bu serseri olur da dalaşırsa Lennie'nin elinden kimse alamaz onu."

"Ama Curley de iyidir boksta," dedi temizlikçi kuşkuyla. "Bir şeyi bir türlü anlayamıyorum ben. Şimdi farz et ki Curley iriyarı birinin üstüne atlayıp onu yendi boksta. Herkes Curley'nin ne kadar iyi bir dövüşçü olduğunu söyleyecektir. Şimdi bir de tersini düşün, diyelim ki iriyarı biriyle dövüştü ve yenildi. İşte o zaman da herkes iriyarı adamın kendi sikletinde biriyle dövüşmesi gerektiğini söyler, hatta belki de toplanıp hep beraber ona saldırır. Hiç adil değil. Her durumda kazanan Curley oluyor."

George kapıya bakıyordu. "Neyse Lennie'ye dikkat etse iyi olur. Lennie dövüşçü değildir onun gibi, ama güçlü ve hızlıdır, bir de kural falan tanımaz," dedi tehditkâr bir ses tonuyla. Kare masaya gidip sandıklardan birine oturdu. İskambil kâğıtlarından bir deste yapıp elinde karıştırdı.

Yaşlı adam da masanın altındaki sandıklardan birine oturdu. "Curley'ye sana bunları anlattığımı sakın söyleme. Derimi yüzer benim. Gözümün yaşına bakmaz. Benim gibi işini kaybetme korkusu yok ki onun, ne de olsa patronun oğlu."

George desteyi ortasından kesti ve kâğıtları tek tek yüzünü çevirerek masaya koymaya başladı. "Bence bu Curley denilen adam tam bir orospu çocuğu. Kötü niyetli bücürleri hiç sevmem ben."

"Son günlerde iyice zıvanadan çıktı gibi geliyor bana," dedi temizlikçi. "Birkaç hafta önce evlendi. Karısıyla babasının evinde oturuyorlar. Sanki Curley'nin burnu iyice kalktı evlendiğinden beri."

"Belki de karısına gösteriş yapıyordur," dedi George homurdanarak.

Temizlikçi dedikoduya kaptırdı kendisini iyice. "Sol elindeki eldiveni gördün, değil mi?"

"Evet. Gördüm."

"O eldivenin içi vazelinle kaplı."

"Vazelin mi? Ne işe yarıyor ki?"

"Dinle bak ne işe yaradığını. Curley, elini böylece karısı için yumuşacık yaptığını söylüyor."

George iskambil kâğıtlarını inceliyordu dikkatle. "Bunun böyle başkalarına anlatılması hiç hoş değil," dedi.

Yaşlı adam rahatlamış görünüyordu. Sonunda George'tan istediği eleştiriyi alabilmişti. Şimdi kendini güvende hissedip daha rahat konuşmaya başladı. "Curley'nin karısını bir gör de sonra konuş."

George desteyi yeniden kesti, kâğıtları yavaşça ve dikkatle tek tek açıp masanın üstünde sıraladı. "Güzel mi?" diye sordu kayıtsızca.

"Güzel ... ama ..."

George önündeki kâğıtlara baktı. "Ama ne?"

"Yani nasıl desem? Gözü dışarıda biraz."

"Öyle mi? Evleneli iki hafta olmuş ve gözü dışarıda ha? Belki de Curley'nin sinirleri bu yüzden o kadar tepesindedir."

"Slim'e yanaştığını gördüm. Slim arabacıların başıdır. Çok iyi biridir. Tahıl işçilerinin arasındayken topuklu kovboy çizmesi giymek gibi huyları yoktur. İşte kadının Slim'e yanaştığını kendi gözümle gördüm. Curley'nin hiç haberi yok ama, o hiç fark etmedi. Carlson'a da yanaştığını gördüm."

George ilgilenmiyormuş gibi bir tavır takınmaya çalıştı. "Bayağı eğleneceğiz bu çiftlikte galiba."

Temizlikçi oturduğu sandıktan kalktı birden. "Ne düşünüyorum biliyor musun?" George yanıt vermedi. "Bence ... bence Curley tam bir sürtükle evlenmiş."

"Bunu yapan ilk erkek o değil ki," dedi George. "Böylelerinden çok var."

Yaşlı adam kapıya yöneldi, bunu fark eden yaşlı köpeği kafasını kaldırıp etrafına bakındı, sonra sahibinin peşinden gitmek için acı çekerek doğruldu. "Çocukların banyoları için su hazırlamam gerek. Ekip birazdan burada olur. Siz de mi arpa yükleyeceksiniz?"

"Evet."

"Anlattıklarımın hiçbirini Curley'ye söyleme sakın, olur mu?"

"Söyler miyim hiç."

"Sen de bayım kendi gözünle bir bak kadına. Bak bakalım dediğim gibi sürtüğün teki miymiş?" Kapıdan çıkıp parlak güneş ışığının içinde kayboldu.

George düşünceli bir tavırla kâğıtları masaya dizdi, üçlü grupları açmaya başladı. As grubunun üstüne dört tane maça koydu. Güneş ışıkları kare çizerek yere vuruyordu şimdi, sinekler de şimşek gibi hızla geçiyorlardı bu parlak kareden. Dışarıdan koşum takımlarının şıkırtısı ve ağır yükün altında ezilen dingillerin çıtırtısı duyuldu. Uzakta bir yerden bir ses geldi, birini çağıran ses çok yüksekti. "Seyis ... neredesin seyis?" Kısa bir an sonra ise aynı ses şöyle bağırdı: "Hangi cehenneme girdi bu kahrolası zenci?"

George önüne dizdiği kâğıtlara baktı, sonra onları bozup topladı ve dönüp Lennie'ye baktı. Lennie yatağına uzanmış, onu izliyordu.

"Dinle beni Lennie. Buranın havası iyi değil pek. Ben korktum bayağı. Şu Curley denen herif yüzünden senin başın belaya girebilir. Sanki seni tartıyor gibi bir hali vardı. Seni korkutmayı başardığını anladı ve şimdi bulduğu ilk fırsatta saldıracaktır sana."

Lennie'nin bakışlarına korku yerleşti. "Başımın belaya girmesini istemiyorum ben," dedi sızlanarak. "Bana saldırmasına izin verme George."

George ayağa kalktı, Lennie'nin yatağına gidip oturdu. "Bu tip pisliklerden nefret ederim," dedi. "İyi tanırım onları ben. İhtiyarın dediği gibi Curley gibilerinin şansa ihtiyacı yoktur. Onlar ne yapar eder hep kazanırlar." Bir an düşünceye daldı. "Seninle dalaşırsa Lennie, ikimiz de kovuluruz buradan. Bak, çok dikkatli olman lazım. O, patronun oğlu. İyi dinle beni Lennie. Ondan uzak durmaya çalış hep, tamam mı? Onunla hiç ama hiç konuşma. Buraya gelirse sen hemen odanın en uzak köşesine git. Duydun mu beni?"

"Başımın belaya girmesini istemiyorum ben," diye kederle sızlandı Lennie. "Ben ona bir şey yapmadım ki."

"Curley ne kadar iyi bir dövüşçü olduğunu kanıtlamak için seni kullanmayı planlıyorsa bu dediğinin hiçbir önemi kalmaz. Sen sadece ondan uzak durmaya çalış. Bunu aklında tutabilecek misin?"

"Tabii ki Lennie. Ben hiçbir şey söylemeyeceğim."

Yaklaşan tahıl ekibinin sesleri iyice duyulur olmuştu: sert zeminde yankılanan koca toynaklar, fren yapılınca kayan toprak, şıkırdayan koşum zincirleri. Ekiplerdeki adamlar birbirlerine seslenip duruyorlardı. Lennie'nin yanında yatakta oturan George kaşları çatık düşüncelere dalmıştı. "Kızmadın bana değil mi George?" diye sordu Lennie çekinerek.

"Sana niye kızayım ki? Şu Curley piçi sinirimi bozdu. Biraz para biriktiririz burada diye düşünmüştüm, yüz dolar gibi bir şey." Kararlı bir ses tonuyla konuşmaya devam etti: "Dinle beni Lennie, Curley'den hep uzak dur, oldu mu?"

"Dururum tabii George. Ağzımı açıp tek bir söz bile etmeyeceğim."

"Seni kandırmasın dikkat et, ama olur da bir yolunu bulup sataşırsa da icabına bak."

"İcabına mı bakayım?"

"Yok yok, boş ver şimdi bunları sen. Zamanı gelince ben sana ne yapman gerektiğini söylerim. Bu tiplerden nefret ederim ben. Bak şimdi Lennie, başın belaya girerse hemen ne yapacağını söylemiştim sana, hatırlıyor musun?"

Lennie yatakta dirseğine dayanıp doğruldu. Hatırlamaya çalıştığı yüzündeki sıkıntılı ifadeden belliydi. Üzgün bakışlarını George'a çevirdi. "Başımı belaya sokarsam tavşanlara bakmama izin vermeyeceksin, öyle değil mi?"

"Hayır, onu demiyorum. Dün gece yattığımız yeri hatırlıyor musun? Aşağıda, nehrin kıyısındaki yer hani?"

"Evet hatırlıyorum orayı. Çok iyi hatırlıyorum hem de. Oraya gidip çalılıkta saklanacağım."

"Ben gelip seni bulana kadar orada saklanacaksın. Kimseye görünmeyeceksin. Nehrin kıyısındaki çalılıkta saklanacaksın. Şimdi tekrarla bu dediğimi."

"Nehrin kıyısındaki çalılıkta saklanacağım. Aşağıdaki nehrin kıyısındaki çalılıkta saklanacağım."

"Başın belaya girerse tabii."

"Başım belaya girerse."

Dışarıda araba tekerlerinin çıkardığı tiz ses duyuldu. Biri bağırıyordu: "Seyis, buraya baksana! Seyis!"

"Kendi kendine tekrarla bunu Lennie, tekrarla ki unutmayasın."

Kapının önündeki dikdörtgen şeklindeki güneş ışığı birden kırılınca iki adam da başını kaldırdı. Kapıda bir kız vardı, içeri bakıyordu. Dolgun dudaklarına ruj sürmüş, iri gözlerine ağır bir makyaj yapmıştı. Tırnakları kırmızı ojeyle boyanmıştı. Saçları yuvarlak küçük buklelerle omuzlarına dökülüyordu. Pamuklu bir ev elbisesi giymişti, ayaklarında önü kırmızı devekuşu tüyüyle süslü kırmızı terlikler vardı. "Curley'ye bakmıştım," dedi. Genizden gelen, tarazlı bir sesi vardı.

George gözlerini kaçırdı önce kızdan, sonra yine baktı ona. "Az önce buradaydı, çıktı ama."

"Öyle mi?" Ellerini arkasında kavuşturup kapının kenarına dayandı, vücudunu öne doğru çıkarmayı başardı bu hareketle. "Siz yeni gelen adamlarsınız değil mi?"

"Evet."

Lennie'nin gözleri kızın vücudunda gezindi. Lennie'ye bakmıyor gibi dursa da bunu fark eden kız vücudunu geriye çekti biraz. Tırnaklarını incelemeye koyuldu. "Curley bazen burada oluyor da," diye açıkladı gelme nedenini.

"Şimdi burada yok ama," dedi George sert bir ses tonuyla.

"Madem yok burada ben de başka yerde arayayım onu," dedi cilveli bir tavırla.

Lennie büyülenmiş bir halde kızı izliyordu. "Curley'yi görürsem onu aradığınızı söylerim," dedi George.

Kız çapkın bir ifadeyle gülümseyip olduğu yerde kırıttı. "Kocamı aramak suç olmasa gerek," dedi. Arkasından geçen birinin ayak sesleri duyuldu. Başını çevirdi. "Merhaba Slim," dedi.

"Merhaba güzelim," diyen Slim'in sesi geldi kapının aralığından.

"Curley'yi arıyordum Slim."

"Yanlış yere bakıyorsun. Evinize giderken gördüm ben onu."

Kızın yüzünü birden tedirgin bir ifade kapladı. "Hoşça kalın çocuklar," diye seslendi yatakhaneye doğru ve telaşla geldiği yöne doğru yürümeye koyuldu.

George dönüp Lennie'ye baktı. "Tanrım, ne sürtükmüş bu da böyle!" dedi. "Curley karı diye bula bula bunu almış kendine."

"Güzel ama," dedi Lennie kızı savunmaya çalışarak.

"Güzelliğine laf yok. Göstermek için de elinden geleni yapıyor zaten. Curley'nin işi var bununla. Yirmi papeli kim uzatsa onunla çekip gider bu."

Lennie hâlâ kızın durduğu eşiğe bakıyordu. "Tanrım ne güzel kızdı ama," deyip hayranlık içinde gülümsedi. George eğilip kızgınlıkla baktı Lennie'ye ve kulağından yakaladığı gibi sarsmaya başladı onu.

"Beni iyi dinle seni kaçık," dedi öfkeyle. "O orospuya bir daha sakın bakayım bile deme. Ne söylerse söylesin, ne yaparsa yapsın, hiç umurumda değil o sürtük benim. Bunun gibi erkeklerin başını belaya sokan kadınlardan çok gördüm ben, ama bunun kadar 'ben belayım' diye açık açık bağıranını görmedim. Uzak dur ondan."

Lennie kulağını kurtarmaya çalıştı George'un elinden. "Ben kötü bir şey yapmadım ki George."

"Yapmadığını biliyorum. Ama o kaltak eşikte durup bacaklarını sergilerken gözlerini kaçırmadın hiç."

"Kötü bir şey yapmak aklımdan bile geçmedi. Gerçekten geçmedi."

"Neyse, sen ondan uzak duracaksın, çünkü bak ben tecrübelerimden biliyorum, o kadın tam bir bela. Bırak Curley'nin başını belaya soksun. O seçimini yapmış zaten. Vazelin kaplı eldiven bile takıyor işte," dedi George iğrenerek. "Bu gerzek Curley bir de çiğ yumurta içip kocakarı ilaçlarından kullanıyordur."

"George burayı hiç sevmedim ben. Güzel bir yer değil burası. Gitmek istiyorum ben," diye bağırdı Lennie birden.

"Parayı denkleştirene kadar burada çalışmak zorundayız. Başka çaremiz yok ki Lennie. Parayı denkleştirdik mi hemen gideceğiz buradan arkamıza bile bakmadan. Ben de hiç sevmedim burayı." Tekrar masaya gidip yeni bir oyun için iskambil kâğıtlarını toplamaya koyuldu. "Yok ben de sevmedim burayı," dedi. "Elli sentimiz olsa basar giderdim buradan. Cebimiz birkaç dolar görürse hemen buradan ayrılıp yukarıya Amerika Nehri'ne gidelim, suda altın tozu arama işinde çalışırız. Orada günde birkaç dolar kazanıp yavaş yavaş lazım olan parayı denkleştiririz belki."

Lennie heyecanla ona doğru eğildi. "Gidelim hemen George. Buradan gidelim hemen. Kötü bir yer burası."

"Kalacağız bir süre," diye kestirip attı George. "Kapa çeneni şimdi. Çocuklar gelmek üzeredir."

Yandaki banyo kulübesinden akan su sesi ve tahta tıkırtısı duyuluyordu. George önündeki kâğıtları inceledi. "Biz de gidip yıkansak mı acaba?" dedi. "Gerçi kirlenecek bir iş de yapmadık ki."

Eşikte uzun boylu bir adam duruyordu. Kolunun altına biçimi bozulmuş bir kovboy şapkası sıkıştırmış, ıslak, uzun ve siyah saçını arkaya tarıyordu. Ötekiler gibi kot pantolon ve kısa bir kot ceket giymişti. Saçını taramayı bitirince içeri girdi, kraliyet ailesinden birinin ya da usta bir zanaatkârın etrafa saçtığı ihtişamla yürüyordu. Arabacıların başıydı, çiftliğin prensiydi, ne de olsa on, on altı, hatta yirmi katırı tek bir sıra halinde, eyerleri birbirine karıştırmadan sürebilirdi. Katırın kıçına konmuş bir sineği katıra hiç değmeden kırbacının ucuyla öldürebilirdi. Ağır ve saygın bir adam havası vardı, o kadar saygın biriydi ki o ağzını açtığında çevresindeki herkes susardı. Herkes onun bilgisine sonsuz güvendiğinden konu ister siyaset, ister aşk olsun onun görüşü doğru kabul edilirdi. İşte arabacıların başı Slim böyle biriydi. Sert ifadeli yüzüne bakıp yaşını tahmin etmek mümkün değildi. Otuz beş de olabilirdi, elli de. Kendisine doğrudan söylenenlerden daha fazlasını duyardı kulağı, ağır ağır konuşması ise dalgın ve düşünceli biri olduğunu değil de her şeyi anlayan, sonsuz kavrayışlı biri olduğunu belli eden tonlamalarla süslüydü.

İnce uzun parmakları çalışırken, bir tapınak dansçısınınkiler gibi zarafetle hareket ederdi.

Buruşmuş şapkasını düzeltti, kenar kıvrımlarını kaldırıp başına taktı. İçerideki iki adamı yumuşak bir ifadeyle süzdü. "Dışarısı o kadar güneş ki ışıktan gözlerim kamaştı," dedi kibarca. "İçeride gözüm bir şey görmüyor. Siz yeni adamlar mısınız?"

"Evet, yeni geldik biz."

"Arpa mı yükleyeceksiniz?"

"Evet, patron öyle söyledi."

Slim, masaya gelip George'un oturduğu sandığın karşısındaki sandığa oturdu. Kendisine göre ters duran iskambil kâğıtlarını inceledi. "Benim ekibe katılırsınız umarım," dedi. Çok yumuşak bir sesle konuşuyordu. "Hayatında arpa çuvalı görmemiş iki serseri var benim ekibimde. Siz daha önce arpa yüklediniz değil mi?"

"Yükledik tabii," dedi George. "Benim çok övülecek bir tarafım yok da şuradaki koca adam iki kişinin taşıyabileceğinden daha fazla tahılı tek başına yüklenir."

İki adamın sohbetini bir ona bir ötekine bakarak ilgiyle dinleyen Lennie, iltifatı duyunca kendini beğenmiş bir tavırla gülümsedi. Slim, George'un arkadaşını övmesinden etkilenmişti, ona dostça baktı. Masaya eğildi ve kâğıtlardan birinin kıvrık köşesini düzeltti. "Siz ikiniz birlikte mi yolculuk ediyorsunuz?" diye dostça sordu. İnsanı samimiyete ve güvene davet eden bir tavrı vardı.

"Evet," dedi George. "Birbirimize göz kulak oluyoruz." Başparmağıyla Lennie'yi işaret etti. "Akıllı biri değildir. Ama çok iyi bir işçidir. Çok da iyi biridir, akıllı olmasa da. Onu uzun zamandır tanıyorum."

Slim George'a sanki içini görmek istercesine baktı. "Artık pek birlikte yolculuk eden olmuyor," diye düşünceli düşünceli mırıldandı. "Neden bilmiyorum ama. Belki de bu kahrolası dünyada herkes birbirinden korkmaya başladı."

"Tanıdığın biriyle yolculuk etmek çok daha güzel oluyor," dedi George.

Koca göbekli, iriyarı bir adam girdi içeri. Yıkadığı saçlarından hâlâ sular damlıyordu. "Selam Slim," dedi, sonra durup George ile Lennie'ye baktı.

"Yeni gelmiş bu çocuklar," dedi Slim onları tanıştırmak istercesine.

"Tanıştığımıza sevindim," dedi iri adam. "Benim adım Carlson."

"Ben George Milton. Şuradaki de Lennie Small."

"Tanıştığımıza sevindim," dedi Carlson yine. "Soyadının aksine bayağı büyük görünüyor bu arkadaş," deyip kendi yaptığı espriye güldü hafifçe. "Hiç de küçük biri değil," diye esprisini sürdürdü. "Slim sana şeyi soracaktım, nasıl senin köpek? Bu sabah senin arabanın altında yoktu."

"Dün gece doğurdu," dedi Slim. "Tam dokuz yavru. Dördünü hemen boğdum. O kadar yavruyu emziremez."

"Yani beş yavru var şimdi, öyle mi?"

"Evet, beş tane. Yavruların en irisini boğmadım tabii, o beş tanenin arasına koydum."

"Ne cins olacaklar sence?"

"Bilmem ki," dedi Slim. "Çoban köpeği gibi bir şey olurlar herhalde. Kızıştığında etrafta çoban köpeği gördüm ben hep."

"Demek beş yavru köpeğin var şimdi. Hepsine sen mi bakacaksın?"

"Bilmem. Lulu'nun sütünü içebilmeleri için bir süre bende kalmaları lazım zaten."

Carlson düşünceli bir tavırla konuşmaya başladı: "Baksana Slim. Geçen düşünüyordum da. Candy'nin köpeği artık o kadar yaşlandı ki yürüyemiyor bile. Leş gibi de kokuyor. Ne zaman yatakhaneye girse iki üç gün kokusu çıkmıyor buradan. Candy'ye sen söylesen de yaşlı köpeğini vursa, sen de ona yavrulardan birini versen. Köpeğin kokusunu bir kilometre uzaktan bile alıyorum ben. Ağzında diş kalmadı, iki gözü de kör oldu neredeyse, doğru dürüst bir şey yiyebildiği yok. Candy süt veriyor ona. Sert bir şey çiğneyecek diş kalmadı ki ağzında."

George gözlerini Slim'den ayırmıyordu. Birden dışarıda bir zilin çınlaması duyuldu, önce yavaştı çınlama, sonra hızlandı ta ki sürekli bir zil sesi oluşturana kadar. Sonra başladığı gibi aniden kesildi.

"İti an çomağı hazırla, dışarıdaymış Candy'nin köpeği."

Bir grup adam kapının önünden geçerken bağıra çağıra konuştular.

Slim ağırbaşlı bir tavırla yavaşça ayağa kalktı. "Hadi siz de gelip yemek bitmeden karnınızı doyurun. Birazdan yiyecek bir şey kalmaz."

Carlson geri çekilip Slim'e yol verdi. İkisi birlikte kapıdan çıktılar.

Lennie heyecanla George'a bakıyordu. George önündeki kâğıtları dağınık desteye doğru itti. "Tamam," dedi George, "dediğini duydum Lennie. İsteyeceğim ondan."

"Tüyleri kahverengi beyaz olsun," diye coşkuyla bağırdı Lennie.

"Hadi gel akşam yemeği yiyelim. O renkte olan var mı bilmiyorum."

Lennie yatağından kıpırdamıyordu. "Hemen istesene ondan George, yoksa o beşinden öldürür yine birkaç tanesini."

"Tamam isteyeceğim. Hadi kalksana ayağa artık."

Lennie önce yatağın üstünde yuvarlandı, sonra ayağa kalktı. İkisi birlikte kapıya doğru yürümeye başladılar. Tam kapıyı açıp dışarı çıkacakken Curley daldı içeri.

"Bir kız gördünüz mü buralarda?" diye sordu öfkeli bir ses tonuyla.

"Evet, aşağı yukarı yarım saat önce buradaydı," dedi George soğuk bir tavırla.

"Ne arıyormuş burada?"

George öfkeli adama bakarak olduğu yerde dikiliyordu. "Sizi aradığını söyledi," dedi küçümseyen bir tavırla.

Curley, sanki George'u ilk kez görüyordu. Bakışlarını hiç ayırmıyordu ondan, boyunu ölçüyor, aralarındaki mesafeye bakıyor, belinden tutup düşüreceği noktayı seçmeye çalışıyordu. "Öyle mi? Peki ne tarafa gitti sonra?" diye sordu sonunda.

"Bilmem," dedi George. "Arkasından bakmadım."

Curley ona tehditkâr bir bakış attı ve dönüp hızla dışarı çıktı.

"Bu piçle galiba ben kavga edeceğim sonunda Lennie. Şu kendini bilmez haline sinir oldum. Tanrım, ne tiplerle karşılaşıyoruz! Hadi gel, acele edelim. Yiyecek bir şey kalmayacak."

Dışarı çıktılar. Güneş ışığı, pencerenin altında ince bir çizgi halinde uzanıyordu. Yakınlarda bir yerden tabak çanak sesleri geliyordu.

Kısa bir süre sonra yaşlı köpek açık kapıdan topallayarak içeri girdi. Etrafını yarı kör gözlerine yerleşmiş yumuşak bakışlarla süzdü. Havayı kokladı, sonra yere yatıp başını patilerinin arasına yerleştirdi. Curley yeniden eşikte belirdi ve içeriye baktı. Köpek kafasını kaldırdı, Curley'nin fırlayıp gittiğini görünce gri tüylerle kaplı kafa eski yerine yerleşti yine.

Yatakhanenin pencereleri günün son ışıklarıyla parlasa da içerisi loştu. Açık kapıdan at nalı oyununun tok sesleri, arada bir de şıngırtısı duyuluyordu, övgü ya da alay dolu insan sesleri de geliyordu ara sıra.

Karanlığa bürünen yatakhaneye Slim ile George birlikte geldiler. Slim uzanıp iskambil kâğıtlarının olduğu masadaki teneke gölgelikli elektrik lambasını yaktı. Masa aydınlandı birden, koni şeklindeki gölgelikten yansıyan ışık dümdüz aşağı iniyor, yalnızca orayı aydınlatıp yatakhanenin köşelerini karanlıkta bırakıyordu. Slim bir sandık çekip oturdu, George da onun karşısında yerini aldı.

"Önemli bir şey değil ki," dedi. "Nasıl olsa çoğunu boğmak zorunda kalacaktım yine. Teşekkür etmene gerek yok bana bunun için."

"Senin için önemli olmayabilir ama onun için çok önemli bir şey bu yaptığın. Onu gece uyuması için buraya bakalım nasıl getirebileceğiz? Ahırda onlarla uyumak isteyecektir. Yavruların kutusuna girip onlarla uyuyacağım diye tutturur şimdi," dedi George.

"Önemli bir şey değil ki," diye tekrarladı Slim. "Sana bir şey söyleyeyim mi? Onun hakkında söylediklerinin hepsi doğruymuş. Akıllı bir çocuk değil belki ama ben hayatımda böyle kuvvetli işçi görmedim. Arpa yüklerken yanındakini öldürecekti az kala. Onun hızına kimse yetişemez. Tanrı şahidim olsun ki ben bu kadar güçlü kuvvetli birini görmedim hiç."

"Ona iş ver, hemen halleder. Yalnız aklını çalıştırmasını gerektiren bir şey istemeyeceksin ondan. Ne yapması gerektiğine kendi kendine karar veremez, ama çok iyi emir alır," dedi George gururla.

Dışarıdan demir kazığa geçirilen bir at nalının şıngırtısı ve sevinç sesleri geldi.

Slim ışık yüzüne gelmesin diye biraz geri çekildi. "İkinizin birlikte takılması tuhaf aslında." Yine sakin bir tavırla karşısındakini samimiyete ve güvene davet ediyordu.

"Niye tuhaf olsun ki?" diye sordu George savunmaya geçerek.

"Şey, bilmem ki. Çocukların hemen hemen hiçbiri zaten bir arkadaşıyla birlikte yolculuk etmez. İşçileri bilirsin işte. Gelir, yataklarına yerleşir, bir ay çalışır, sonra yine geldikleri gibi tek başlarına yeni bir çiftlik aramak için yola düşerler. Kimseyle ilgilenmezler. Onun gibi bir üşütükle senin gibi akıllı bir adamın birlikte yolculuk etmesi tuhaf geldi bana."

"O üşütük değildir," dedi George. "Zekâsı biraz kıttır ama kesinlikle deli değildir. Ben de akıllı biri sayılmam, eğer öyle olsaydım yatak, yemek ve elli dolar için bütün bir ay arpa yükleyip durmazdım. Parlak zekâlı olsaydım, birazcık daha akıllı olsaydım, kendime küçük bir toprak almış, kendi ürünlerimi yetiştiriyor olurdum. Şimdi yaptığım gibi toprağın bütün işini görüp ürünlerine elimi süremiyor olmazdım." George sustu birden. Konuşmaya devam etmek istiyordu aslında. Ama Slim onu ne konuşması ne de susması için yüreklendiriyordu. Sessizce oturmuş, anlamak ister bir tavırla söylenenleri dinliyordu.

"İkimizin birlikte yolculuk etmesi hiç de tuhaf değil," dedi sonunda George. "İkimiz de Auburn'de doğduk. Ben onun Clara Teyzesini tanırdım. Lennie'yi bebekken alıp büyütmüş. Clara Teyzesi ölünce Lennie benim yanıma geldi, birlikte çalışmaya başladık. Bir süre sonra da birbirimize iyice alıştık."

"Hıhıı..," dedi Slim.

George Slim'e baktı ve onun tanrısal bir ifadesi olan huzurlu bakışlarını kendisine diktiğini gördü. "Tuhaf aslında," dedi George. "Eskiden onunla birlikteyken çok eğlenirdim. Ona bir sürü şaka yapardım hayatını kendi kendine sürdüremeyeceğini gördüğümde. Şaka yaptığımı bile anlamazdı, o kadar aptaldı. Ben de eğlenirdim ona böyle şakalar yapıp. Onun yanında kendimi çok akıllı biriymişim gibi hissederdim. Ona ne söylersem söyleyeyim yapardı, ne kadar saçma olursa olsun. Uçurumdan atlamasını söylesem inan hiç tereddüt etmeyip atlardı hemen. Ancak bir süre sonra artık o kadar eğlenceli gelmemeye başladı bu hali. Çünkü hiç kızmıyordu bana. Dayaktan canını çıkarırdım onun, yalnızca ellerini kullanıp benim vücudumdaki her bir kemiği kırabilecek güçte olmasına rağmen bana hiçbir zaman el kaldırmamıştır." George'un sesi günah çıkaranlara özgü bir tona bürünmüştü. "Onunla dalga geçmekten beni vazgeçiren olayı anlatayım sana. Bir gün Sacramento Nehri'nin kıyısında bir grup arkadaşla takılıyorduk. Kendimi çok akıllı bulduğum bir gündü. Lennie'ye dönüp 'Atla suya,' dedim. O da atladı. Ama suda tek bir kulaç bile atamadı. Neredeyse boğuluyordu, zar zor çıkardık onu sudan. Onu kurtardığım için bana o kadar nazik bir tavırla teşekkür etti ki. Suya atlamasını ona benim söylediğimi tamamen unutmuştu. İşte o olaydan sonra bir daha onunla hiç dalga geçmedim."

"İyi biri o," dedi Slim. "İnsanın yüreğinin iyi olması için akla ihtiyacı yoktur. Bana zaten bu ikisi birlikte pek olmuyor gibi geliyor. Gerçekten akıllı bir adama bakıyorsun, hiç de iyi biri olmadığını görüyorsun."

George masaya yayılmış kâğıtları toplayıp deste yapmaya koyuldu. Dışarıdan yere sertçe vuran ayakkabı sesleri geliyordu. Günün son ışıkları pencereleri hâlâ aydınlatıyordu.

"Benim kimsem yok," dedi George. "Çalışmak için tek başına bir çiftlikten ötekine giden adamları çok gördüm ben. Bu iyi bir şey değil. Hiç eğlenceli vakit geçiremez onlar. Bir süre sonra da kötü biri olup çıkarlar. Sürekli birileriyle kavga etmek isterler."

"Evet, zamanla iyice sertleşirler," diye onayladı Slim. "Suratları asık gezerler ki kimseyle konuşmak zorunda kalmasınlar."

"Lennie çoğu zaman rahat durmaz, bela açar başımıza," dedi George. "Ama işte biriyle birlikte gezmeye alışıyor insan, sonra da onsuz yapamıyor."

"Kötü biri değil ki o," dedi Slim. "Lennie'nin kötülükle hiç alakası olmadığını görüyorum ben."

"Tabii ki kötü değildir. Ama işte başını sürekli belaya sokar, çünkü felaket aptaldır. Weed'de de yaptı yapacağını..." Sustu birden, bir kâğıt açmak üzereyken eli havada kaldı. Korkuya kapılmıştı, kâğıdın üzerinden Slim'e baktı. "Kimseye söylemezsin ama değil mi şimdi anlatacaklarımı?"

"Ne yaptı Weed'de?" diye sakin bir tavırla sordu Slim.

"Kimseye söylemeyeceksin ama, öyle değil mi? Tabii ki söylemezsin sen."

"Ne yaptı Weed'de?" diye bir daha sordu Slim.

"Kırmızı elbiseli bir kız görmüş orada. Kaçığın teki olduğu için hoşuna giden her şeye dokunmak ister bu. Tek derdi eliyle dokunmaktır hoşuna giden bir şeye. Kırmızı elbiseye dokunmak için elini uzatıyor, kız da korkudan çığlık atıyor, Lennie'nin de eli ayağı birbirine dolaşıyor, kızın elbisesine iyice asılıyor, o an sadece bunu yapmayı düşünebiliyor. Kız da bu arada hiç durmadan çığlık atmaya devam ediyor. Ben o sırada biraz uzaktaydım, çığlıkları duyunca koşarak geldim. Lennie o kadar korkmuştu ki kızın elbisesine yapışmıştı, bırakmıyordu onu kesinlikle. Kalın bir tahtayı vurdum kafasına kızın elbisesini bıraksın diye. Ama o kadar korkmuştu ki bir türlü bırakmıyordu elbiseyi. Bir de ne kadar kuvvetli olduğunu biliyorsun onun."

Slim'in yüzünde şaşkınlık yoktu, gözlerini hiç kırpmadan George'a bakıyordu. Yavaşça başını salladı. "Sonra ne oldu?"

George masadaki kâğıtları dikkatlice açmaya başladı. "O kız koşarak polise gidip tecavüze uğradığını söylemiş. Weed'deki çocuklar toplanıp Lennie'yi linç etmeye kalktılar. Bir sulama kanalına girip bütün bir gün suyun içinde saklandık. Bir tek başımız suyun dışındaydı, kanalın kenarındaki çimlerin dibine yaslamıştık başımızı. Gece olunca da kaçtık oradan."

Slim bir süre sessizce oturdu. "Kıza bir şey yapmadı ama değil mi?"

"Yok canım, hiçbir şey yapmadı. Yalnızca korkutmuş onu. Tabii beni de gömleğimden çekip tutsa ben de korkardım. Hiçbir şey yapmadı kıza. Kırmızı elbiseyi beğenmişti, tek derdi ona dokunmaktı, köpek yavrularını sevmek istiyor ya sürekli şimdi, o gün de elbiseyi sevmek istemişti."

"Kötü biri değil," dedi Slim. "Ben kötü adamı bir kilometre öteden tanırım."

"Değil tabii ki, bir de biliyorsun ben ne söylesem..."

Lennie kapıdan içeri girdi. Mavi kot ceketi omuzlarından aşağıya tıpkı bir pelerin gibi sarkıyordu. Sırtını hafifçe eğerek yürüyordu.

"Selam Lennie," dedi George. "Sevdin mi yavru köpeği?"

"Tüyleri tam istediğim gibi kahverengi ve beyaz," dedi Lennie nefes nefese. Doğrudan yatağına gidip uzandı, yüzünü duvara dönüp dizlerini karnına çekti.

George elindeki kâğıtları dikkatlice masaya koydu. "Lennie," diye seslendi sert bir ses tonuyla.

Lennie başını çevirip omzunun üzerinden George'a baktı. "Efendim? Ne var George?"

"Yavruyu buraya getiremezsin demiştim sana."

"Ne yavrusu George? Yavru falan yok bende."

George hızla Lennie'nin yatağına gitti, onu omzundan tutup kendine doğru çevirdi. Eğilip Lennie'nin karnına bastırıp sakladığı yavruyu aldı.

Lennie hemen doğrulup oturdu. "Onu bana ver George."

"Şimdi hemen yatağından kalkıp bu yavruyu yuvasına götürüyorsun. Onun annesinin yanında uyuması lazım. Öldürmek mi istiyorsun sen onu? Daha dün gece doğmuş yavruyu yuvasından alıp buraya getiriyorsun. Hemen geri götür onu yoksa Slim'e onu senden geri almasını söylerim."

Lennie yalvararak ellerini uzattı. "Ne olur onu bana ver George. Tamam, yerine götüreceğim. Kötü bir şey yapmak istemedim ona. Gerçekten öyle bir şey yapmak istemedim. Sadece biraz okşamak istedim."

George yavruyu Lennie'ye uzattı. "Tamam al bakalım. Şimdi hemen geri götür onu ve yuvasından da alma bir daha. Sakın alma bak, yoksa bir bakmışsın elinde ölmüş hayvancık." Lennie kararlı adımlarla, hiçbir yere çarpmadan dışarı çıktı.

Slim yerinden kıpırdamadı hiç. Sakin bakışlarla Lennie'nin kapıdan çıkışını izledi. "Tanrım," dedi. "Küçük bir çocuk sanki, öyle değil mi?"

"Öyle, küçük bir çocuk gibidir. Bir çocuğun içinde ne kadar kötülük varsa Lennie'de de o kadar vardır, bir farkla tabii ki, Lennie bir çocuktan çok ama çok daha güçlüdür. Bu gece yatmaya buraya gelmez o şimdi. Ahırdaki kutunun yanında uyur. Neyse bırakalım uyusun orada. Kimseye bir zararı dokunmaz ahırda." Dışarısı iyice kararmıştı artık. Temizlikçi yaşlı Candy içeri girip yatağına doğru yürüdü, yaşlı köpeği de topallayarak peşinden geliyordu. "Merhaba Slim. Merhaba George. At nalı oynamıyor musunuz siz?"

"Her akşam oynamam ki ben," dedi Slim.

"Birinizde bir yudum viski var mı? Midem ağrıyor da."

"Bende yok," dedi Slim. "Olsaydı kendim içerdim zaten. Midemin ağrısını geçirmek için değil keyif için içerdim."

"Kötü ağrıyor midem bugün," dedi Candy. "O iğrenç pancarlar yüzünden. Daha yemeden mideme dokunacaklarını anlamıştım."

Dışarıda hava iyice kararmışken iriyarı Carlson içeri girdi. Yatakhanenin öbür ucuna gidip oradaki gölgelikli elektrik lambasını yaktı. "Ne kadar karanlık burası," dedi. "Tanrım zenci ne isabetli atıyor nalları!"

"Çok iyidir o gerçekten," dedi Slim.

"Evet öyle," dedi Carlson. "O olduğu sürece başka kimse kazanamaz..." Konuşmayı kesti ve havayı kokladı, havayı hızla burnuna çekmeye devam ederken yaşlı köpeği gördü. "Tanrım, bu köpek leş gibi kokuyor. Onu buradan çıkar Candy! Yaşlı bir köpek kadar kötü kokan başka bir şey bilmiyorum ben bu dünyada. Çıkar onu buradan."

Candy dönerek yatağının ucuna geldi. Elini uzatıp yaşlı köpeğini okşadı ve özür dileyen bir sesle "Hep yanımda olduğundan ben onun kokusunu almıyorum hiç," dedi.

"Ben dayanamam bu kokuya," dedi Carlson. "Hayvan dışarı çıktıktan sonra bile kalıyor kokusu burada." Ağır adımlarla yürüyüp köpeğin yanına geldi. "Dişi bile kalmamış ağzında," dedi köpeği inceleyerek. "Romatizmadan kaskatı kesilmiş her yeri. Senin işine yaramaz artık bu Candy. Kendisine bile hayrı yok bunun artık. Neden vurmuyorsun onu?"

Yaşlı adam olduğu yerde rahatsızlıkla kıvrandı. "Nasıl yapayım bu dediğini? O kadar uzun zamandır benim yanımda ki o. Küçücük bir yavruydu aldığımda. Onunla ne çok koyun güttüm ben," dedi ve gururla konuşmaya devam etti: "Şimdiki haline bakma sen onun, hayatımda gördüğüm en iyi çoban köpeğiydi bir zamanlar."

"Weed'de teriyeri olan bir adam vardı. Koyunlarını teriyeri güdüyordu. Çoban köpeğinden farkı yoktu teriyerin, söylediğine göre başka köpeklerden öğrenmiş sürü gütmeyi."

Carlson'ın konuyu kapamaya niyeti yoktu. "Beni bir dinlesene Candy. Bu yaşlı köpek sürekli acı çekiyor zaten. Şunu dışarı çıkarıp kafasının arkasına bir kurşun sıksan," dedi Carlson ve eğilip eliyle köpeğin kafasındaki bir noktayı işaret etti. "Tam şuraya sıkacaksın, hiç acı çekmez, ne olduğunu bile anlamaz o zaman."

Candy üzüntüyle etrafına bakındı. "Olmaz," dedi usulca.

"Olmaz, ben bunu yapamam. O kadar uzun zamandır birlikteyim ki ben onunla."

"Ama artık hep acı çekerek yaşayacak o," diyerek ısrarını sürdürdü Carlson. "Baksana bir haline, leş gibi de kokuyor. İstersen senin yerine ben vurayım onu. Böylece sen yapmış olmazsın."

Candy bacaklarını yatağından sarkıttı. Bembeyaz sakalını sinirle kaşıdı. "Ona öyle alıştım ki ben," dedi alçak bir sesle. "Yavruyken aldım ben onu."

"Onu bu halde yaşatarak ona iyilik yapmıyorsun ama," dedi Carlson. "Hem baksana Slim'in köpeği yeni yavruladı. Slim istersen sana o yavrulardan birini verir, öyle değil mi Slim?"

Arabacı bir süredir sakin bakışlarla yaşlı köpeği inceliyordu. "Tabii veririm," dedi. "İstersen sana bir yavru veririm hemen." Kendini konuşmaya zorluyor gibi bir hali vardı. "Carl doğru söylüyor Candy. Bu köpeğin artık kendine bile hayrı kalmamış. Topallayarak ortalıkta dolaşan bir yaşlı olursam günün birinde, ben de birinin çıkıp beni vurmasını isterdim."

Candy çaresizlik içinde baktı ona, ne de olsa Slim'in ağzından çıkan kanun sayılırdı. "Ama canı yanar belki," dedi ve bir öneride bulundu: "Ben bu haliyle bakabilirim ona bir süre daha."

"Onu öyle bir yerinden vuracağım ki hiç acı duymayacak. Bak tam şurayı nişan alacağım," dedi Carlson. Ayak parmağıyla vuracağı yeri işaret etti. "Kafasının arkasındaki tam şu noktaya ateş edeceğim. Can bile çekişmeden verecek son nefesini."

Candy yardım ister gibi içeridekilerin tek tek yüzüne baktı. Dışarıda karanlık çökmüştü artık. Genç bir işçi girdi kapıdan. Çökük omuzları iyice öne eğilmişti, sanki sırtında bir tahıl çuvalı varmış gibi topuklarına basarak ağır adımlarla yürüyordu. Yatağına yürüdü, şapkasını rafa koydu. Sonra raftan eğlencelik bir dergi alıp masaya geldi. Dergiyi ışığın altına koydu. "Sana bunu göstermiş miydim Slim?" diye sordu.

"O ne ki?"

Genç adam derginin arka sayfalarından birini açıp, parmağıyla bir yazıyı işaret etti. "Şurayı diyorum, okusana bir şurayı." Slim dergiye eğildi. "Hadi okusana," dedi genç adam. "Yüksek sesle oku."

"Sayın editör," diye yavaşça okudu Slim. "Derginizi altı yıldır takip ediyorum. Bence piyasadaki dergilerin en iyisi. Peter Rand'ın yazdığı hikâyelere bayılıyorum. Muhteşem bir adam o. 'Kara Binici' gibi hikâyelerden daha fazla okumak istiyoruz. Ben çok mektup yazan biri değilim aslında. Sadece sizin derginizin verdiğim her bir senti hak ettiğini söylemek istedim."

"Bunu ne diye okuttun ki bana?" diye sordu Slim merakla.

"Devam et, alttaki ismi de oku," dedi Whit.

Slim okumaya devam etti: "Başarılarınızın devamını dilerim. William Tenner." Whit'e baktı yeniden. "Ne diye okuttun ki bunu bana?"

Whit etkileyici bir sessizlik içinde kapattı dergiyi. "Bill Tenner'ı hatırlamıyor musun? Burada çalışıyordu, üç ay önce gitti."

Slim düşündü bir an. "Ufak tefek çocuk mu?" diye sordu. "Traktör sürüyordu hani?"

"Ta kendisi," diye bağırdı Whit. "O çocuk işte!"

"Bu mektubu o mu yazmış yani?"

"Evet o yazdı, benim haberim vardı bu mektuptan zaten. Bill ile ben yatakhanede takılıyorduk. Bill'in elinde bu derginin son sayısı vardı. Dergiye bakarken 'Mektup yazdım ben bunlara. Bakalım bu sayıya koymuşlar mı?' dedi. Koymamışlardı ama. 'Bir sonraki sayıya koyarlar belki,' dedi Bill. Dediği de oldu aynen. İşte burada mektubu."

"Evet doğru söylüyorsun," dedi Slim. "Koymuşlar mektubu işte." George dergiyi almak için elini uzattı. "Bakabilir miyim ben de?"

Whit parmağını mektubun olduğu sayfaya koydu, ama dergiyi elinden bırakmadı. Mektubu işaret parmağıyla gösterdi. Sonra raflarının olduğu kutuya gitti ve dergiyi dikkatlice yerine koydu. "Bill görmüş müdür acaba?" dedi. "Bill ile birlikte bezelye tarlasında çalışmıştık. İkimiz de traktör sürmüştük. Çok iyi çocuktur Bill."

Carlson bu konuşmalara hiç katılmamıştı. Yaşlı köpeğe bakmaya devam ediyordu. "Tamam dersen bu zavallıyı çektiği ıstıraptan kurtarım hemen. Baksana hiç hali kalmamış. Yemek yiyemiyor, önünü göremiyor, acı çekmeden yürüyemiyor bile."

"Senin silahın yok ki," dedi Candy umutla.

"Olmaz olur mu? Luger tabancam var benim. Hiç canı yanmayacak."

"Belki yarın yaparız. Bir sabah olsun da bakarız."

"Niye yarını bekleyelim ki?" dedi Carlson. Yatağına gidip altından çantasını çekti, Luger tabancasını çıkardı çantasından. "Hadi bitirelim artık şu işi," dedi. "Burayı leş gibi kokutmuş, bu kokuda uyuyamayız." Tabancayı arka cebine koydu.

Candy belki onu caydırır diye uzun uzun Slim'e baktı. Ama Slim hiçbir şey demedi. "Tamam. Çıkar onu dışarıya," dedi sonunda umutsuzluk içinde yavaşça. Köpeğe bakmadı bile. Yatağına uzanıp kollarını başının altında kavuşturdu, gözlerini tavana dikti.

Carlson cebinden ince deri bir şerit çıkardı. Eğildi ve şeridi yaşlı köpeğin boynuna bağladı. Candy hariç herkes onu izliyordu. "Hadi oğlum. Gel oğlum," dedi yumuşak bir sesle. Sonra Candy'ye dönüp özür diler gibi "Hiçbir şey hissetmeyecek," dedi. Candy hiç kıpırdamadı, cevap da vermedi. Şeridi çekti Carlson. "Gel oğlum," dedi yine. Yaşlı köpek ağır hareketlerle yerinden kalktı, ayaklarının üstünde zor duruyordu, sonra boynundan hafifçe çekilen tasmaya uyarak yürüdü.

Slim "Carlson," diye seslendi.

"Efendim?"

"Ne yapacağını biliyorsun değil mi?"

"Ne demek istiyorsun anlamadım Slim."

"Yanına bir kürek al," dedi Slim daha fazla bir şey söylemek istemediğini belli ederek.

"Tabii ya. Anladım şimdi ne dediğini." Köpekle birlikte karanlığa çıktılar.

George yerinden kalkıp kapıyı kapattı, mandalı yavaşça yerine taktı. Candy yatağında hiç kıpırdamadan uzanıp tavana bakıyordu.

"Ön sıradaki katırlarımın birinin toynağı yarılmış," dedi Slim yüksek bir sesle. "Gidip biraz katran süreyim üstüne," derken sesi alçalmıştı. Dışarısı sessizdi. Carlson'ın ayak sesleri duyulmuyordu artık. Sessizlik içeriyi de kapladı ve bir süre egemenliğini sürdürdü.

"Lennie şimdi ahırdadır, yavruyu eline almış seviyordur. Yavru köpek buldu ya şimdi artık buraya hiç gelmek istemez," diye gülerek sessizliği bozdu George.

"Candy, istediğin yavruyu seç kendine, olur mu?" dedi Slim.

Candy cevap vermedi. Yatakhaneyi yeniden sessizlik kapladı. Gecenin içinden gelen sessizlik odanın her bir noktasını ele geçirdi. "Kâğıt oynamak isteyen var mı?" diye sordu George.

"Ben oynarım," dedi Whit.

Masada ışığın altına gelecek şekilde birbirlerinin karşısına oturdular. George kâğıtları dağıtmıyordu. Destenin kenarından elini sinirle geçirip kâğıtları havalandırmaya başladı. Odadaki herkes bu hışırtı sesi de neyin nesi dercesine kendisine bakınca George yaptığı hareketten vazgeçti. Odayı sessizlik kapladı yeniden. Bir dakika geçti sessizlik içinde, sonra bir dakika daha. Candy gözleri tavana dikili hiç kıpırdamadan yatıyordu. Slim bir süre onu izledi sonra bakışlarını ellerine indirdi. Bir elini ötekinin üstüne koyup hızla bastırıyordu. Döşemenin altından bir fare tıkırtısı geldi, herkes sesin geldiği yere sevinerek baktı. Bir tek Candy gözlerini tavandan ayırmamıştı.

"Aşağıda fare var galiba," dedi George. "Kapan kurmak lazım."

"Ne diye bu kadar oyalanıyor ki bu adam? Dağıtsana kâğıtları. Seninle oyun falan oynanmazmış."

George desteyi topladı elinde ve kâğıtları tek tek incelemeye koyuldu. Odayı yine derin bir sessizlik kapladı.

Uzaktan bir el silah sesi geldi. İçeridekilerin hepsi yaşlı adama baktı. Tüm gözler ona çevrildi.

Yaşlı adam bir süre daha tavandan ayırmadı bakışlarını. Sonra yavaşça duvara döndü ve öylece kaldı.

George desteyi gürültüyle karıştırıp kâğıtları dağıttı. Whit sayı tahtalarından birini kendine çekip mandallarını kaldırdı. "Siz buraya gerçekten çalışmaya geldiniz galiba," dedi Whit.

"Başka niye gelelim ki, anlamadım ne demek istediğini," dedi George.

Whit güldü. "Cuma günü geldiniz. Pazara kadar iki gün çalışacaksınız."

"Lafı nereye getirmek istiyorsun anlamadım," dedi George.

Whit güldü yine. "Büyük çiftliklerde çok takılmış olsaydın anlardın ne demek istediğimi. Çiftlikte çalışmadan takılmak isteyen biri genelde Cumartesi öğleden sonra gelir. Akşam yemeği yer, Pazar günü de üç öğün yemeğini yedikten sonra Pazartesi sabahı kahvaltısını edip arkasına bakmadan çekip gider. Ama siz böyle yapmadınız, Cuma öğle vakti geldiniz. Planınız ne olursa olsun bu durumda bir buçuk gün kesin çalışacaksınız."

George açık yüreklilikle baktı. "Bir süre takılacağız burada," dedi. "Lennie'yle para biriktirmek istiyoruz biraz."

Kapı sessizce açıldı, zenci seyis başını içeri uzattı. Yıllardır çektiği acıdan çizgi çizgi olmuştu yüzü, bakışlarına yerleşmiş o sabır dolu ifadeyle "Bay Slim," dedi.

Slim bakışlarını yaşlı Candy'den çevirip kapıya yöneltti. "Ha? Ha sen misin? Merhaba Crooks. Bir şey mi var?"

"O katırın ayağı için katran ısıtmamı söylemiştiniz. Isıttım."

"Ah, tamam Crooks. Şimdi gelip hayvanın ayağına süreceğim."

"İsterseniz ben yapayım Bay Slim."

"Yok yok. Kendim gelip süreceğim," deyip ayağa kalktı.

"Bay Slim," dedi Crooks yine.

"Evet?"

"Yeni gelen o koca adam ahırda sizin yavru köpeklerinizle oynuyor."

"Oynasın ne var. Kötü bir şey yapmaz o hayvanlara. Yavrulardan birini ona verdim zaten."

"Haber vereyim ben yine de size," dedi Crooks. "Onları yuvalarından çıkarıp mıncıklıyor. Yavrulara bir şey olabilir."

"Yok onlara zarar vermez," dedi Slim. "Geliyorum şimdi ahıra."

George başını kaldırıp baktı. "O kaçık saçmalayıp duruyorsa orada gönder onu buraya Slim."

Slim seyisin peşinden dışarı çıktı.

George kâğıtları dağıttı, Whit kendinin kileri incelemeye başladı. "Yeni kızı gördün mü?" diye sordu.

"Hangi kızı?" diye sordu George.

"Curley'nin yeni evlendiği kızı diyorum."

"Ha, onu mu diyorsun? Evet, gördüm."

"Ne cilveli piliç öyle değil mi?"

"Bilmem, şöyle bir gördüm ben onu," dedi George.

Whit kâğıtlarını dikkatlice masaya yaydı. "Gözünü dört açıp etrafta dolan biraz. Her tarafını görürsün o zaman. Her tarafı ortada sayılır. Onun gibisini görmedim hiç ben. Karşısına çıkan her erkeğe iş atıyor. Seyise bile sulanıyordur bu bana kalırsa. Neyin peşinde anlamadım."

"Buraya geldiğinden beri olay çıktı mı hiç?" diye sordu kayıtsızca George.

Whit'in aklı fikri pek oyunda değildi. Elindeki kâğıtları yaydı masaya. George topladı kâğıtları. Desteyi karıp kâğıtları kendi önüne dizmeye başladı: yedi kâğıt önce, sonra onun altına altı, onun altına da beş kâğıt.

Whit konuşmaya başladı: "Ne demek istediğini anladım şimdi. Yok, şimdilik çıkmadı bir olay. Curley gergin biraz ama o kadar. Çocuklarla ne zaman burada olsak bir şekilde hemen bitiveriyor kız yanı başımızda. Ya Curley'yi aradığını söylüyor ya da işte burada bir şey unutmuş da onu almaya gelmiş falan. Sanki çocuklardan bir an uzak duramıyor gibi. Curley sinirleniyor tabii bunlara ama şimdilik patlamadı."

"Bu kız ortalığı karıştıracak. Onun yüzünden büyük bir kavga çıkacak burada. Hem de sonu çok kötü bitecek bir kavga, ancak bunun gibi bir kızın çıkarabileceği cinsten. Curley'nin işi zor. Erkeklerle dolu bir çiftlik bir kız için uygun bir yer değildir, hele onun gibi bir kız için hiç uygun değildir," dedi George.

"Yarın akşam bizimle kasabaya gelsenize," dedi Whit.

"Ne yapıyorsunuz kasabada?"

"Her zamanki şey işte. Yaşlı Susy'nin evine gideriz biz hep. Çok güzel bir yer orası. Yaşlı Susy çok komik kadındır, boyuna espri yapıp durur. Geçen Cumartesi gecesi verandadan eve girdiğimizde öldürdü bizi gülmekten. Kapıyı açtı ve arkasına dönüp 'Giyinin kızlar, şerif sizi almaya gelmiş,' diye bağırdı. Ağzı bozuk bir kadın değildir, hem kibar hem de komiktir. Beş kız çalıştırıyor evinde."

"Kaça patlıyor?"

"İki buçuk veriyorsun sadece. Yirmi beş sente bir duble viski içebilirsin. Susy'nin güzel koltukları var, onlara kurulup içkini içebilirsin. Canın kız çekmiyorsa bir koltuğa oturup içkini yudumlayabilirsin de, bütün gün takılabilirsin orada Susy sesini çıkarmaz. Müşteri peşinde koşturmaz, kız istemeyenleri kapının önüne koymaz."

"Bir gelip görmek lazım," dedi George.

"Gel tabii. Çok eğlenceli bir yer, hiç durmadan espri patlatıp durur Susy. Geçenlerde ne dedi biliyor musun? 'Yere bir halı serip, masaya da süslü bir lambayla bir gramofon koyup ev işlettiklerini sananlar var.' Clara'nın evini söylüyor. 'Ben siz erkeklerin ne istediğini çok iyi bilirim,' dedi sonra. 'Benim kızlarım temizdir ve viskime de su katılmamıştır,' dedi. 'İlle de süslü lambaya bakıp kazıklanmak istiyorum ben diyorsanız nereye gideceğinizi iyi biliyorsunuz,' dedikten sonra bir de şunu ekledi: 'Burada süslü lambaya bakmayı sevdikleri için pantolonlarının önünü kaldırarak yürümek zorunda kalan çocuklar görüyorum ben.'"

"Clara da rakip evi işletiyor herhalde, öyle değil mi?" diye sordu George.

"Evet," dedi Whit. "Biz oraya gitmeyiz hiç. Clara kızlar için üç dolar, bir duble için de otuz beş sent istiyor. Bir de hiç Susy gibi eğlenceli biri de değil. Hem Susy'nin evi temizdir, bir de o rahat koltuklar muhteşemdir. Çoluk çocuğu da sokmaz içeri."

"Lennie ile para biriktiriyoruz biz," dedi George. "Gelip bir duble içki içebilirim, ama iki buçuk dolar vermem ben."

"Erkek dediğin arada bir eğlenmeli," dedi Whit.

Kapı açıldı, Lennie ile Carlson birlikte içeri girdiler. Lennie dikkat çekmemeye çalışarak yatağına gidip oturdu. Carlson da yatağının altından çantasını çıkardı. Hâlâ duvara dönük yatan yaşlı Candy'ye bakmadı hiç. Çantasından bir kutu yağla ince bir temizleme çubuğu çıkardı. Onları yatağına koydu, sonra tabancasını eline alıp şarjörü çekti ve mermileri boşalttı. İnce çubukla tabancanın namlusunu temizlemek için eğildi. Tetikten çıt sesi gelince Candy yüzünü döndü ve bir an tabancaya bakıp sonra yine duvara döndü.

"Curley geldi mi?" diye sordu Carlson kayıtsızca.

"Hayır," dedi Whit. "Niye gelsin ki buraya şimdi Curley?"

Carlson bir gözünü kısarak tabancasının namlusundan baktı. "Karısını arıyordu. Dışarıda her yerde deli gibi onu aradığını gördüm."

"Günün yarısını karısını arayarak geçiriyor zaten, günün kalan yarısında da karısı onu arıyor," dedi Whit alaycı bir ses tonuyla.

"Karımı gören var mı içinizde?" diye sorarak hızla içeri girdi Curley.

"Buraya gelmedi," dedi Whit.

Curley tehditkâr bakışlarını odada gezdirdi. "Slim hangi cehennemde?" diye sordu.

"Ahıra gitti," dedi George. "Bir katırın toynağı yarılmış, ona katran sürecekmiş".

Curley'nin omuzları önce çöktü, sonra dikleşti. "Ne kadar oldu gideli?"

"Beş on dakika."

Curley kapıyı sertçe çarparak dışarı attı kendisini.

Whit ayağa kalktı. "Kaçırmak istemem bu olayı," dedi. "Curley kudurmuş iyice, yoksa Slim'e bulaşmazdı. İyi de dövüşür ha Curley, bayağı iyi dövüşçüdür. Altın Eldiven yarışmasında finale kalmıştı. Gazeteye bile çıktı." Bir an düşünceye daldı, sonra konuşmaya devam etti: "Bence gene de Slim'e bulaşmasa iyi olur. Slim'in neler yapabileceğini bilenimiz yok hiç."

"Slim'in karısıyla birlikte olduğunu düşünüyor, öyle mi?" diye sordu George.

"Baksana öyle düşünüyor herhalde," dedi Whit. "Tabii ki Slim öyle bir şey yapmıyordur. Ama gene de bir tartışma olur herhalde, işte onu kaçırmam. Hadi hep beraber gidip bakalım."

"Ben hiçbir yere gitmiyorum," dedi George. "Kavgaya falan karışma niyetim yok benim. Lennie ile para biriktirme derdindeyiz biz."

Carlson tabancasını temizlemeyi bitirdi ve çantasına koydu. Çantayı yatağının altına itti. "Ben çıkıp bir bakacağım," dedi. Yaşlı Candy hiç kıpırdamadan yatıyordu, Lennie de yatağından dikkatle George'a bakıyordu.

Whit ile Carlson kapıyı çekip çıktıktan sonra George Lennie'ye döndü: "Ne düşünüyorsun bakayım sen?"

"Ben hiçbir şey yapmadım George. Slim, yavruları fazla elleme dedi. Yavruları fazla ellemek onlar için iyi olmazmış, öyle dedi Slim. Ben de ahırdan buraya geldim. Hiç kötü bir şey yapmadım George."

"Fazla elleme onları diye tembih etmedim mi ben sana?"

"Canlarını acıtmadım ki. Sadece benimkini kucağıma alıp sevdim."

"Slim'i gördün mü ahırda?"

"Gördüm tabii. Anlattım ya şimdi yavruları fazla elleme dedi bana diye."

"O kızı gördün mü peki?"

"Curley'nin karısını mı?"

"Evet onu diyorum. O da ahırda mıydı?"

"Hayır. Onu görmedim ben hiç."

"Slim'i onunla konuşurken de mi görmedin?"

"I-ıh. Ahıra gelmedi o kız hiç."

"Tamam peki," dedi George. "Çocuklar kavga seyredemeyecekler galiba bu durumda. Olur da yine de bir kavga çıkarsa Lennie, sen hiç karışmayacaksın."

"Kavga falan istemiyorum ben," dedi Lennie. Yatağından kalkıp masaya gitti, George'un karşısına oturdu. George otomatik hareketlerle desteyi karıp kâğıtları masaya dizmeye başladı. Ağır ağır diziyordu kâğıtları düşünceli bir yüz ifadesiyle.

Lennie resimli kartlardan birini eline alıp inceledi, sonra elinde ters çevirip tekrar inceledi kâğıdı. "İki ucu da aynı," dedi. "George neden her iki ucundan da bakınca aynı görünüyor?

"Bilmem ki," dedi George. "Öyle yapmışlar iskambil kâğıtlarını işte. Slim ahırda ne yapıyordu sen gördüğünde?"

"Slim mi?"

"Evet Slim. Hani sen onu ahırda gördün, o da sana yavruları fazla elleme dedi."

"Ha, evet. Elinde bir teneke katranla bir fırça vardı. Ne yapacaktı onlarla bilmiyorum."

"O kızın buraya geldiği gibi oraya gelmediğine eminsin öyle mi?"

"Gelmedi, kesin eminim."

George iç çekti. "En iyisi iyi bir geneleve gitmek," dedi. "Adam gider oraya bir güzel içer, içindekilerin hepsini döker, hiç de belaya falan bulaşmaz. Cebinden kaç para çıkacağını da bilir önceden. Ama bu tip kadınlar var ya, işte onlar tam bir beladır, adamı hapse sokar onlar."

Lennie George'un konuşmasını hayranlıkla dinliyor, dudaklarını hafifçe oynatarak sözlerini tekrar etmeye çalışıyordu. George devam etti konuşmaya: "Andy Cushman'ı hatırlıyor musun Lennie? Liseyi bitirmişti hani?"

"Karısı çocuklara sıcak kek pişiren mi?" diye sordu Lennie.

"Evet, evet onu diyorum. İçinde yiyecek bir şeyin lafı geçiyorsa o meseleyi hiç unutmuyorsun." George masadaki kâğıtları dikkatlice inceledi. Önündeki kâğıtların üstüne önce bir as, sonra da karo ikilisi, üçlüsü ve dörtlüsü koydu. "O fahişe yüzünden San Quentin'de yatıyor Andy şimdi," dedi George.

Lennie parmaklarını masada tıkırdatarak gezdirdi. "George?"

"Hı?"

"George kendi küçük toprağımızı satın alıp ektiklerimizi yiyip tavşanlarımızı sevmemize ne kadar zaman kaldı?"

"Bilmiyorum," dedi George. "Bayağı bir para biriktirmemiz lazım ikimizin. Ucuza alabileceğimiz bir arazi var kafamda, ama işte onun için bile para biriktirmek gerekiyor, bedava vermiyorlar ki."

Yaşlı Candy yavaşça döndü yüzünü. Gözlerini kocaman açmıştı. George'a dikkatle bakıyordu.

"Anlatsana orayı George," dedi Lennie.

"Daha dün akşam anlattım ya."

"Olsun, yine anlat George."

"Tamam anlatıyorum işte. Beş dönüm bir arazi. İçinde küçük bir yel değirmeni var. Bir de küçük bir kulübe ve bir kümes var. Kulübede mutfak da var. Meyve bahçesinde kiraz, elma, şeftali, kayısı, badem ağaçları var. Yonca kaplı bir tarla ve onu sulayacak bol bol su da var. Bir de domuz ahırı..."

"Ve bir de tavşanlar var ya George."

"Henüz tavşanlar için bir yer yapmayı planlamadım ama, sen istiyorsun diye birkaç büyük kafes yaparım onlar için, sen de yoncayla beslersin tavşanlarını."

"Beslerim tabii," dedi Lennie. "Ne güzel beslerim ben onları bir bilsen."

George iskambil kâğıtlarını bıraktı elinden. Sesi çok yumuşak çıkıyordu. "Birkaç domuzumuz da olur. Büyükbabamınki gibi bir tütsü kulübesi de yapıveririm ben, domuzlardan birini kestik mi etini tütsüler, pastırma, jambon, sosis yaparız. Nehirde pembe alabalık akını olduğunda yüzlerce yakalar, tuzlayıp ya da tütsüleyip kuruturuz. Kahvaltıda onlardan yeriz. Tütsülenmiş alabalık kadar lezzetli bir şey yoktur bana kalırsa. Meyve ağaçlarındaki meyvelerimiz olgunlaştı mı hemen konserve yaparız. Domateslerden de konserve yapabiliriz, domates konservesi yapmak kolaydır da. Her Pazar ya bir tavuk ya da bir tavşan keser yeriz. Bir keçi, bir de inek besleriz belki, neden olmasın? Öyle kalın bir kaymak yaparız ki sütümüzden bıçakla kesip kaşıkla yemek zorunda kalırız."

Lennie gözlerini kocaman açmış, George'u dikkatle dinliyordu. Yaşlı Candy de George'a bakıyordu. Lennie alçak bir sesle: "İhtiyacımız olan her şey kendi toprağımızda olacak," dedi.

"Tabii ki öyle olacak," dedi George. "Bahçemizde her tür sebzeyi yetiştireceğiz. Canımız viski çektiğinde de birkaç yumurta ya da ne bileyim başka bir şey, biraz süt satarız mesela. Orada mutlu bir hayatımız olur. Oraya ait hissedebiliriz kendimizi. Artık o çiftlikten bu çiftliğe gidip kötü bir aşçının pişirdiği iğrenç yemekleri yemek zorunda kalmayacağız. Hayır efendim, artık bizim hayatımız böyle olmayacak. Kendimizi bir parçası gibi göreceğimiz güzel bir toprağımız olacak ve artık bu derme çatma yatakhanelerde yatmayacağız."

"Evi de anlatsana," dedi Lennie yalvaran bir sesle.

"Anlatayım bak. Küçük bir evimiz olacak, ama herkesin de kendi odası olacak. Dökme demirden küçük sobamız bütün kış yanacak. Toprağımız çok büyük olmayacağı için ekip biçmek çok yorucu olmayacak bizim için. Günde altı, en fazla yedi saat çalışırız işte. Günde on bir saat arpa yüklemek zorunda kalmayız. Kendi ektiğimiz ürünü kendimiz biçeriz, böylece ürün de bizim olur. Toprağımızda ne yetiştiğini bilir, onları ekip yetiştirir, karnımızı böyle doyururuz."

"Peki ya tavşanlar?" dedi Lennie sabırsızlıkla. "Onlara ben bakacağım. Bunu nasıl yapacağımı anlatsana George."

"Tamam. Sırtına bir çuval yüklenip yonca tarlasına gideceksin. Çuvalı yoncayla dolduracaksın. Sonra da o yoncaları tavşan kafeslerine dağıtacaksın."

"Onlar da yoncaları kemirip duracaklar," dedi Lennie. "Ben nasıl yonca yediklerini görmüştüm. Kemiriyorlar otu."

"Hemen hemen altı ayda bir doğurur onlar, böylece hem yemek hem de satmak için bir sürü tavşanımız olur," diye konuşmaya devam etti George. "Yel değirmeninin etrafında uçacak birkaç güvercinimiz de olacak, çocukken görmüştüm ben onlardan." Lennie'nin arkasındaki duvara baktı kendinden geçmiş bir halde. "Ve işte o toprak bizim toprağımız olacak. Kimse kovamayacak oradan bizi. Sevmediğimiz biri gelirse 'Defol git buradan' diyeceğiz, o da çekip gitmek zorunda kalacak. Bir arkadaşımız geldiğinde de 'Kalsana bu gece burada' diyeceğiz ve ona fazladan koyduğumuz yatağı vereceğiz, o da bizimle birlikte kalacak o gece. Bir av köpeğimiz birkaç da tekir kedimiz olacak, tabii sen kedilere göz kulak olacaksın ki yavru tavşanları haklamasınlar."

Lennie'nin nefesi kesilmişti sanki. "Hele bir saldırsınlar tavşanlara. Kırıveririm o kahrolası boyunlarını. Tavşanlara ... zarar vermesinler diye sopayla döverim onları ben." Sakinleşti biraz, gelecekte sahip olacakları tavşanlara saldırmaya cesaret edecek gelecekte sahip olacakları kedileri tehdit ederek kendi kendine homurdanmaya devam etti.

George kendi anlattıklarından büyülenmiş bir halde oturuyordu.

Candy konuşmaya başladığında ikisi de sanki kınanacak bir şey yaparken yakalanmış gibi yerlerinden sıçradılar. "Böyle bir arazi buldun mu peki?" diye sordu Candy.

"Farz et ki buldum. Ne olacak?" dedi George savunmaya geçerek.

"Yerini sormadım sana. Nerede olduğu önemli değil ki."

"Önemli değil tabii," dedi George. "Yerinin bir önemi yok, zaten sen yıllarca arasan bulamazsın benim kafamdaki araziyi."

"Ne kadar istiyorlar oraya?" diye sordu Candy heyecanla.

George kuşkuyla süzdü onu. "Altı yüze alabilirim ben. Sahibi karı kocanın hiç parası yok, yaşlı kadının ameliyat olması da gerekiyor. Hem sen niye soruyorsun ki bunları bana? Senin bu işle bir ilgin yok."

Candy yanıt verdi: "Tek elimle pek bir iş göremiyorum. Öteki elimden bu çiftlikte oldum ben. O yüzden beni göndermeyip temizlik işi verdiler. Elimi kaybettiğim için iki yüz elli dolar verdiler bana bir de. Elli dolar da ben biriktirdim o günden beri, bankada şimdi bütün bu param. Üç yüz yapıyor, bu ayın sonunda da elli dolar daha gelecek. Bakın ne diyeceğim size?" Öne doğru eğildi sabırsızlıkla. "Ben de gelsem sizinle. Üç yüz elli dolar para koyarım bu arazi için. Pek iş gelmiyor elimden artık, bunun farkındayım. Ama yemek yapıp tavuklara bakabilirim, bahçeyi de çapalarım biraz. Ne dersiniz?"

George gözlerini kıstı. "Bunu düşüneyim bir. Hep iki kişiyiz diye düşünmüştük biz."

Candy sözünü kesti: "Bir vasiyetname de yaparım arazideki payımı size bırakmak için, benim akrabam falan yok zaten. Sizde para var mı hiç? Belki de hemen becerebiliriz bu işi."

George öfkeyle yere tükürdü. "İkimizde toplasan on dolar var," dedi. Düşünceli bir tavırla konuşmaya devam etti: "Lennie ile ben hiç para harcamadan bir ay çalışırsak yüz dolarımız olacak. Böylece seninkiyle birleştirince dört yüz elli eder elimizdeki para. Kadının gözünü boyar bu para, kalanı sonra veririz deriz. Lennie ile sen gidip yerleşirsiniz, ben de bir iş bulup kalan parayı kazanırım, siz de bu arada yumurta falan satar parayı tamamlamaya yardım edersiniz."

Hepsi sessizliğe gömüldü. Birbirlerine şaşkınlıkla bakıyorlardı. Bir türlü tam olarak gerçekleşeceğine inanamadıkları hayalleri gerçek oluyordu işte. George büyülenmiş bir tavırla şöyle dedi: "Tanrım, bence kadın kabul eder bu parayı." Bakışlarından şaşkınlık okunuyordu. "Bence kadın kabul eder bu parayı," diye yineledi söylediğini alçak bir sesle.

Candy yatağının kenarına oturdu. Artık ucunda bir el olmayan bileğini sinirle kaşıdı. "Dört sene oldu kaza geçireli," dedi. "Beni yakında kovarlar buradan. Yatakhane temizliğini yapamaz olduğum gün kapının önüne koyarlar beni, öylece ortada kalırım o zaman. Ama ben paramı size verirsem, artık pek beceremesem de yine de bahçeyi çapalamama sesinizi çıkarmazsınız, öyle değil mi? Bulaşıkları yıkar, tavuklara yem de veririm. Bize ait arazide olacağım ne de olsa, bizim arazimizde çalışacağım, en güzeli de bu işte." Üzüntü içinde konuşmaya devam etti: "Bu akşam köpeğime yaptıklarını gördünüz değil mi? Artık ne başkasına ne kendine hayrı kalmadı bunun deyip vurdular. Beni buradan işe yaramıyorum diye kovduklarında biri tabancasını çekip vursun beni de. Ama işte bunu yapmazlar. Gidecek bir yerim yok ki benim, buradan başka bir yerde iş de bulamam bu halimle. Sizin işi bırakacağınız tarihte benim otuz dolarım daha olacak."

George ayağa kalktı. "Kadın kabul edecek vereceğimiz parayı," dedi. "O küçük araziyi hale yola koyup gidip orada yaşayacağız," deyip yerine oturdu yine. Üçü de bu düşüncenin güzelliğine kapılmış bir halde öylece oturuyordu; zihinlerinde bu harika hayalin gerçek olacağı gelecekteki o gün vardı.

George dalgın bir ifadeyle konuşmaya başladı: "Kasabaya bir sirk geldi ya da ne bileyim bir panayır kuruldu ya da top oynanacak işte ya da öyle bir eğlence var diyelim." Yaşlı Candy bu fikri onaylarcasına başını salladı. "Hemen gideriz kasabaya," dedi George. "Kimseden izin almak zorunda değiliz ki. Sadece gidiyoruz deyip gideceğiz işte. İneği sağıp tavuklara yem attık mı tutacağız hemen kasabanın yolunu."

"Tavşanlara da ot verdikten sonra ama," diye söze girdi Lennie. "Ben onları beslemeyi hiç ama hiç unutmayacağım. Ne zaman yerleşeceğiz oraya George?"

"Bir ay içinde. Tam bir ay sonra yerleşmiş oluruz. Ne yapacağım biliyor musunuz? Arazinin sahibi yaşlı karı kocaya mektup yazacağım, arazinizi almak istiyoruz diye yazacağım şimdiden. Candy de kadın başkasına satmasın bu arada diye bir yüz dolar gönderir kaparo olarak."

"Gönderirim tabii," dedi Candy. "İyi bir soba var mı orada?"

"Var tabii, hem kömür hem de odun yakan güzel bir soba var."

"Yavru köpeğimi de yanımda götüreceğim," dedi Lennie. "Orayı nasıl da sever o, eminim bundan."

Dışarıdan sesler geldi. George hızla konuşmaya başladı: "Bu planımızı sakın kimseye anlatmayın. Üçümüzün arasında kalacak bu, başka kimse bilmeyecek. Para biriktirmeyelim diye kovarlar bizi buradan. Sanki ömrümüzün sonuna kadar arpa yükleyecekmiş gibi davranalım, günü gelince de paramızı alır defolup gideriz buradan."

Lennie ile Candy anladıklarını belli etmek için mutlulukla gülümseyerek başlarını salladılar. "Kimseye söyleme," dedi Lennie kendi kendine.

"George?" dedi Candy.

"Hıı?"

"Köpeğimi ben vurmalıydım George. Bir yabancının köpeğimi vurmasına izin vermemeliydim."

Kapı açıldı. Slim girdi içeri, arkasından da Curley, Carlson ve Whit. Slim'in elleri katrandan simsiyah olmuştu, suratı da asıktı. Curley hemen dibinde duruyordu.

"Bir şey ima etmedim ki Slim. Sadece sordum sana," dedi Curley.

"Bana çok sık sormaya başladın bunu. Bıktım artık bunu duymaktan. Kahrolası karına sahip olamıyorsan ben ne yapayım? Bana bir daha bir şey sorma onunla ilgili," dedi Slim.

"Bir şey ima etmediğimi söylemeye çalışıyorum sana," dedi Curley. "Belki görmüşsündür diye sordum sana."

"Ona ait olduğu yerde, evinde oturmasını söylesene," dedi Carlson. "Yatakhanelerde dolaşmasına izin veriyorsun, başına iş alacaksın çok yakında, böyle dolanırsa oralarda bir bakarsın yapacak bir şey kalmaz, sen çok geç kalmış olursun."

Curley öfkeyle Carlson'a çevirdi başını. "Sen burnunu sokmasana bakayım bu işe. Çekil git buradan!"

Carlson gülmeye başladı. "Seni küçük aptal seni," dedi. "Slim'i korkutmak istedin beceremedin. Ödün koptu ondan. Baksana süt dökmüş kedi gibi oldun şimdi korkudan. Ülkenin en iyi hafifsıklet boksörü olman da umurumda değil. Bir dalaş da bana bak bakalım o kafanı nasıl koparıyorum."

Candy de neşe içinde kavgaya katıldı. "Vazelin kaplı eldiven nerede hani?" diye sordu eldivenden iğrendiğini belli eden bir sesle. Curley bakışlarını ona çevirdi. Sonra Lennie'ye kaydı bakışları ve onun yüzünde çakılı kaldı. Lennie hâlâ küçük arazilerindeki çiftliklerinin hayaliyle gülümsüyordu.

Curley bir teriyer gibi öne fırlayıp Lennie'nin yanına gitti. "Sen neden gülüp duruyorsun, söyle bakalım," dedi.

Lennie anlamaz gözlerle baktı ona: "Hıı?"

O anda patladı birden Curley. "Gel bakalım buraya koca çocuk. Kalk ayağa. Hiçbir koca adam karşıma geçip bana gülemez. Asıl korkak kimmiş şimdi göstereceğim sana."

Lennie çaresizlik içinde George'a baktı, sonra ayağa kalkıp, geri çekilmeye çalıştı. Curley vücudunu gerdi ve eğilip dövüş pozisyonu aldı. Lennie'ye önce sol eliyle vurdu, sonra sağ eliyle burnunun üstüne çaktı. Lennie dehşetle çığlık attı. Burnundan oluk oluk kan geliyordu. "George," diye haykırdı. "Söyle bıraksın beni George." Sırtını duvara yaslayana kadar geri çekildi, Curley yüzünü yumruklayarak üstüne yürüyordu. Lennie'nin elleri iki yanında sallanıyordu öylece. O kadar korkmuştu ki kendisini korumak aklından bile geçmiyordu.

George ayağa kalkıp bağırmaya başladı: "Saldır ona Lennie. Sana vurmasına izin verme artık."

Lennie kocaman pençeleriyle yüzünü kapadı ve korku içinde meler gibi bir ses çıkardı. "Durdur onu George," diye bağırdı sonra. O sırada Curley midesine sıkı bir yumruk indirdi, Lennie'nin acıdan nefesi kesildi.

Slim ayağa fırladı. "Seni pis fare seni," diye bağırdı. "Ben icabına bakacağım şimdi senin."

George elini uzatıp yakasından tuttu Slim'i. "Bekle bir dakika," diye bağırdı. Ellerini ağzının kenarlarına siper ederek bağırdı: "Saldır ona Lennie!"

Lennie ellerini yüzünden çekti ve gözleriyle George'u arandı. Curley o sırada bir yumruk çaktı gözüne. Lennie'nin kocaman yüzü kan içinde kalmıştı. George bağırdı yine: "Saldır ona dedim sana!"

Lennie elini uzattığında Curley yeniden yumruğunu sallamaya başlamıştı bile. Bir anda Curley oltaya takılmış bir balık gibi çırpınmaya başladı, yumruğu Lennie'nin kocaman elinde kaybolmuştu. George yanlarına koştu hemen. "Bırak şimdi onu Lennie, bırak gitsin."

Lennie avucuyla yakaladığı küçük adamın çırpınmasını korku içinde izliyordu. Kan akıyordu Lennie'nin yüzünden, gözlerinden biri kapanmış, altı da yarılmıştı. George Lennie'nin yüzünü tokatlayıp duruyordu, ama Lennie sımsıkı kapattığı avucunu bir türlü açmıyordu. Bu sırada Curley bembeyaz olmuş, iyice küçülmüştü, çırpınması da azalmıştı. İnlemeye başladı, yumruğu hâlâ Lennie'nin pençesindeydi.

George hiç durmadan bağırıyordu: "Bırak onu Lennie. Bırak dedim. Slim, gel de yardım et bana, kopacak çocuğun eli birazdan."

Lennie birden açtı avucunu. Sırtını duvara yaslayıp çömeldi olduğu yere. "Sen saldır dedin George," dedi acıyla.

Curley yere oturdu, parçalanmış eline şaşkınlıkla bakıyordu. Slim ile Carlson gelip üstüne eğildiler. Sonra dehşet içinde kalan Slim doğrulup Lennie'ye baktı. "Doktora götürmemiz lazım onu," dedi. "Elinde kırılmadık kemik kalmamış bence."

"İstemeyerek oldu," diye inledi Lennie. "Canını yakmak istemedim ben onun."

"Carlson, servis arabasını hazırla sen. Onu Soledad'a götürüp yarasını gösterelim," dedi Slim. Carlson aceleyle dışarı çıktı. Slim inleyip duran Lennie'ye döndü. "Senin bir suçun yok," dedi. "Bu aptal kendi aranıp durdu. Aman Tanrım, gözlerime inanamadım, adamın eli gitmiş." Slim dışarı fırlayıp su dolu bir maşrapayla geldi. Maşrapayı Curley'nin ağzına dayadı.

"Şimdi kovarlar mı bizi buradan Slim? Paraya ihtiyacımız var bizim. Curley'nin babası kovar mı bizi şimdi?" diye sordu George.

Slim acıyla gülümsedi. Curley'nin yanına çömeldi. "Beni duyabiliyor musun? Söylediklerimi anlayabilecek misin?" diye sordu. Curley evet anlamında başını salladı. "Peki dinle şimdi beni o zaman," diye konuşmaya başladı Slim. "Elini makineye kaptırdın sen az önce. Eğer sen kimseye söylemezsen biz de olanları kimseye anlatmayız. Ama bu adamı kovdurmak için anlatırsan olanları biz de ağzımızı açar gördüklerimizi herkese anlatırız, millet de bir güzel dalga geçer seninle."

"Söylemeyeceğim kimseye," dedi Curley. Bakışlarını Lennie'den kaçırıyordu.

Dışarıdan arabanın tekerlek sesleri duyuldu. Slim, Curley'nin ayağa kalkmasına yardım etti. "Hadi kalk bakalım şimdi. Carlson seni doktora götürecek." Curley'yi dışarı çıkardı. Tekerlek sesleri uzaklaştı. Kısa bir süre sonra Slim yatakhaneye döndü. Hâlâ korku içinde duvarın kenarında çömelmiş duran Lennie'ye baktı. "Ellerini göster bir bakayım bana," dedi.

Lennie ellerini uzattı.

"Tanrım, bunlar da ne böyle. Seni kızdırmak istemezdim ben şahsen."

George söze girdi: "Korkmuştu Lennie," diye açıklama yaptı. "Ne yapacağını bilemedi. Sana demiştim kimse onunla kavga edemez diye. Yoksa sana değil de Candy'ye mi demiştim?"

Candy başını salladı ciddi bir tavırla. "Evet bana demiştin," dedi. "Daha bu sabah Curley arkadaşına sataştığında söylemiştin. 'Lennie'ye sataşmasa iyi olur' demiştin. Böyle demiştin bana bu sabah."

George başını Lennie'ye çevirdi. "Senin suçun yok," dedi. "Bırak artık korkmayı. Sana söylediğimi yaptın. Lavaboya gidip yüzünü yıka şimdi. Felaket durumda yüzün."

Lennie yaralı ağzıyla gülümsemeye çalıştı. "Bela açmak istemedim başımıza," dedi. Kapıya doğru yürüdü, tam kapının önüne gelmeden önce durup başını arkaya çevirdi. "George?"

"Ne var?"

"Tavşanlara bakabilirim ben yine de, öyle değil mi?"

"Bakacaksın tabii. Yanlış bir şey yapmadın ki sen."
"Kimsenin canını acıtmak istemedim ben George."
"Hadi çık artık dışarı da şu yüzünü yıka bir an önce."

Zenci seyis Crooks'un yatağı, koşum takımlarının bulunduğu küçük kulübedeydi. Ahırın hemen bitişiğindeki bu kulübenin bir duvarında dört bölmesi olan, kare şeklinde bir pencere vardı, öteki duvarında da ahıra açılan dar bir tahta kapı göze çarpıyordu. Crooks'un yatağı içi saman doldurulmuş, üstü de battaniyeyle örtülmüş uzun bir sandıktı. Pencerenin bulunduğu duvardaki askılarda tamir edilen kopmuş koşum takımları, deri kayışlar asılıydı. Pencerenin tam altında ise küçük bir tezgâh vardı. Üstünde deri işlemede kullanılan araç gereç, kıvrık bıçaklar, iğneler, keten iplik topları ve elle çalışan küçük bir perçin makinesi duruyordu. Askılara koşum takımlarının parçaları, içindeki at kılları dışarı fırlamış çatlak bir hamut, kırık bir koşum tahtası, deri kaplaması çatlamış bir koşum zinciri de asılmıştı. Crooks'un tahta elma kutusu da yatağının üstünde asılı duruyordu. Kutunun iki rafında hem kendisinin hem de atların tedavisinde kullandığı bir sürü ilaç vardı. Eyer sabunuyla dolu teneke kutular ve fırçası kenarından fırlamış, dibi akıtan bir katran tenekesi de rafa dizilmişti. Yerde de Crooks'un oraya buraya atılmış kişisel eşyaları vardı; Crooks bu kulübede yalnız yaşadığından eşyalarını istediği yere koyabiliyordu. Bir de seyis olarak çalıştığı üstelik de sakat olduğu için bu çiftlikte diğer adamlardan çok daha kalıcıydı ve doğal olarak da zaman içinde bir çiftlikten ötekine gidip iş ararken sırtına yüklenebileceğinden daha fazla kişisel eşyası olmuştu.

Crooks'un birkaç çift ayakkabısı, bir çift lastik çizmesi, büyük bir çalar saati ve tek namlulu bir av tüfeği vardı. Kitaplarla doluydu kulübesi, sayfaları lime lime olmuş bir sözlük, 1905 Kaliforniya Medeni Kanunu'nun yıpranmış bir kitapçığı da göze çarpıyordu. Yatağının üstünde elma kutusunun raflarından başka özel bir raf daha vardı; bu rafın üstünde de sayfaları kopmak üzere olan eski dergiler ve birkaç açık saçık hikâye kitabı duruyordu. Yatağının üstündeki duvara çakılı bir çiviye altın çerçeveli kocaman bir gözlük asılmıştı.

Crooks gururlu ve ciddi bir adam olduğundan odasını her zaman temiz ve kendisine göre derli toplu tutmaya özen gösterirdi. İnsanlarla arasına belli bir mesafe koyardı ve onlardan da bu mesafeye saygı göstermelerini beklerdi. Omurgası eğik olduğundan yürürken vücudu sola yatardı. Gözleri derin bir çukura gömülmüş gibiydi, çok derinde olduklarından çok yoğun bir parıltıyla ışıl ışıl bakıyorlardı. İnce yüzü derin siyah kırışıklıklarla kaplıydı. Yıllardır çektiği acıdan sımsıkı büzülmüş dudakları yüzünden daha açık renkteydi.

Cumartesi gecesiydi. Ahıra açılan kapı kapalı tutulmadığı için hareket eden atların, kımıldayıp duran ayakların, saman çiğneyen dişlerin, gem zincirlerinin şıngırtısı kulübeye doluyordu. Küçük yuvarlak elektrik lambası, zayıf sarı ışığıyla aydınlatıyordu içeriyi.

Crooks yatağında oturuyordu. Gömleği kot pantolonundan dışarı çıkmıştı. Bir elinde ağrı kesici bir merhem vardı, öteki eliyle de sırtını ovuyordu. Arada bir pembe avucuna biraz merhem alıyor, elini gömleğinden içeri sokup sırtını ovmaya devam ediyordu. Kaslarını germek için sırtını doğrultunca vücudunu bir titreme sarıyordu.

Lennie sessizce gelmiş, açık kapıda duruyor, kulübeye bakıyordu, dev omuzları kapının çerçevesini kaplamıştı olduğu gibi. Crooks görmemişti onu, ancak gözlerini yerden kaldırınca oturduğu yerde gerindi ve sert bir ifadeyle kapıya baktı. Elini gömleğinin içinden çıkardı.

Lennie dostluk kurmak isteyerek beceriksizce gülümsedi.

Crooks sert bir sesle "Buraya girmeye hakkın yok senin. Burası benim odam. Buraya benden başka kimse giremez."

Lennie yutkundu ve sevimli olmaya çalışarak gülümsedi yine. "Bir şey yapmadım ki," dedi. "Yavru köpeğime bakmaya gelmiştim. Sonra ışığını gördüm senin," diye açıkladı içeri girme nedenini.

"Kendi odamda ışık yakmaya hakkım var, öyle değil mi? Hadi çık şimdi odamdan. Ben yatakhaneye giremiyorum, sen de buraya giremezsin."

"Niye giremiyorsun ki yatakhaneye?" diye sordu Lennie.

"Zenciyim de ondan. Yatakhanede kâğıt oynuyorlar, ama ben zenci olduğum için onlarla oturup kâğıt oynayamam. Kokuyormuşum ben, öyle diyorlar. Sana bir şey söyleyeyim mi, aslına bakarsan siz de bana kokuyorsunuz."

Lennie kocaman ellerini çaresizlik içinde iki yana sarkıttı. "Çocukların hepsi kasabaya gitti," dedi. "Slim, George, hepsi gitti. George bana sen burada kal, başını da belaya sokma dedi. Işığının açık olduğunu görünce içeri geldim ben de."

"Ne istiyorsun şimdi benden?"

"Hiçbir şey. Işığının açık olduğunu gördüm. İçeri gelip biraz oturabilirim diye düşündüm."

Crooks Lennie'ye baktı, sonra elini arkasına götürüp çivideki gözlüğünü aldı, gözlüğün saplarını pembe kulaklarının üstüne yerleştirip yeniden baktı. "Ahırda ne halt karıştırdığını da anlamadım ya neyse," diye söylendi. "Arabacı da değilsin ki sen. Arpa yükleyenler ahıra gelmez hiç. Madem arabacı değilsin atlarla da işin olmaz o zaman."

"Yavru köpek var ya," dedi Lennie. "Yavru köpeğe bakmaya gelmiştim."

"Git o zaman ahıra sev yavru köpeğini. İstenmediğin yere ne diye geliyorsun?"

Lennie'nin yüzündeki gülümseme kayboldu. Önce bir adım attı odaya, sonra içeride istenmediğini hatırlayıp geri çekildi. "Yavru köpeklere baktım biraz. Slim onları fazla elleme diye tembih etti bana."

"Onları yuvalarından çıkarıyorsun da ondan," dedi Crooks. "Senin yüzünden anneleri alıp onları başka bir yere taşıyabilir her an."

"Bir şey demiyor ki anneleri. Yavrularını sevmeme sesini çıkarmıyor," diyen Lennie yine içeri bir adım attı.

Crooks'un yüzü asıldı, ama Lennie'nin sıcak gülümsemesine yenik düştü sonunda. "Hadi gir içeri de otur biraz benimle, " dedi Crooks. "Dışarı çıkıp beni rahat bırakacağın yok madem otur bari de iki laf edelim," derken sesi yumuşamıştı. "Çocukların hepsi kasabaya gitmişler, öyle mi?"

"Hepsi gitti, bir tek yaşlı Candy kaldı yatakhanede. Yatağında oturmuş kalemini açıp hesap yapıyor."

Crooks gözlüğünü düzeltti. "Hesap mı yapıyor? Ne hesabı yapıyormuş ki Candy?"

Lennie yüksek bir sesle "Tavşanların hesabını yapıyor," dedi.

"Hepiniz sıyırmışsınız kafayı," dedi Crooks. "Sen tam bir kaçıksın. Tavşanlar da neyin nesiymiş?"

"Bizim tavşanlarımız işte, onlara ben bakacağım, ot toplayıp kafeslerine koyacağım, su da vereceğim onlara."

"Tam sıyırmışsınız işte," dedi Crooks. "Beraber yolculuk ettiğin çocuk haklıymış sana ortalıkta dolanma diye tembih ederken."

Lennie alçak bir sesle konuşmaya başladı: "Söylediklerimin hepsi doğru. Bunların hepsini yapacağız biz. Küçük bir toprak alıp ihtiyacımız olan her şeyi orada yetiştireceğiz."

Crooks sırtını düzeltip yatağına yerleşti iyice. "Otursana sen de," dedi. "Çivi kutusunun üstüne otursana."

Lennie küçük kutuya iki büklüm oturdu. "Yalan söylediğimi düşünüyorsun. Ama yalan değil bu söylediğim. Ağzımdan çıkan her söz doğru. Git George'a sor istersen."

Crooks siyah çenesini pembe avucuna aldı. "George'la birlikte yolculuk ediyorsun, öyle değil mi?"

"Evet. Biz her yere birlikte gidiyoruz."

Crooks sözlerine devam etti: "Bazen o bir şeyler söylüyor ve sen onun ne dediğini anlamıyorsun, öyle olmuyor mu?" Öne eğildi, derin gözlerine yerleşen sorgulayıcı ifade Lennie'yi tedirgin etmişti. "Öyle olmuyor mu?"

"Evet ... bazen oluyor."

"Konuşup duruyor ve sen bir türlü ne dediğini anlamıyorsun."

"Evet ... bazen öyle oluyor. Ama ... ama her zaman öyle değil."

Crooks yatağının kenarına oturup eğildi. "Ben Güneyli zencilerden değilim," dedi. "Burada, Kaliforniya'da doğdum. Babamın tavuk çiftliği vardı, beş dönüm bir yerdi. Beyaz çocuklar bizim çiftliğe oynamaya gelirlerdi, bazen ben de oynardım onlarla, içlerinden bazıları gerçekten iyi çocuklardı.

Babam onlarla oynamama kızardı. Neden kızdığını hiç anlamazdım o zamanlar. Ama şimdi çok iyi biliyorum niye kızdığını." Bir an sustu, sonra yine konuşmaya başladığında sesi yumuşamıştı iyice. "Bizim çiftliğin oralarda hiç zenci aile yoktu, kilometrelerce uzağa gitsen bile tek bir zenciye rastlamazdın. Şimdi de öyle ya, bu çiftlikteki tek zenci benim, Soledad'da da sadece tek bir zenci aile var." Güldü. "Bir şey söyleyecek olsam kimse ciddiye almaz beni, zencinin lafı deyip güler geçerler."

"Sence yavrular ne zaman ele gelir? Ne zaman rahatlıkla sevebilirim onları?"

Crooks güldü yine. "İnsan sana her şeyini anlatabilir, sen aklında tutamadığın için kimseye söylemezsin nasıl olsa. Birkaç hafta sonra ele avuca gelirler iyice. George tanımış tabii seni. Konuşup duruyor o, sen nasıl olsa bir şey anlamıyorsun." Heyecanlı bir ifadeyle öne eğildi. "Zenci lafı işte, üstelik bir de beli kırık zencinin lafı. Bu yüzden hiç önemi yok, öyle değil mi? Sen normal olsan da aklında tutmazdın zaten dediklerimi. O kadar çok gördüm ki ben bunu... Biri ötekine anlatıp durur, ötekinin duyup duymadığının ya da anlayıp anlamadığının hiçbir önemi yoktur. Konuşuyorlar ya da hiç konuşmadan karşılıklı oturuyorlardır ya, önemli olan budur işte. Karşıdakinin dinleyip dinlememesinin hiç ama hiç önemi yoktur." O kadar heyecanlanmıştı ki eliyle dizine vurmaya başlamıştı. "George sana saçma sapan şeyler söyleyebilir, bunların hiç ama hiç önemi yoktur. Önemli olan konuşmaktır. Biriyle birlikte olmak. Önemli olan budur işte," dedikten sonra sustu bir an.

Sesi yumuşamıştı, Lennie'yi ikna etmek ister gibi konuşuyordu: "Farz et ki George dönmeyecek buraya bir daha. Uzaklara gitmeye karar verdi diyelim. Ne yaparsın o zaman sen?"

Lennie Crooks'un söylediklerini yavaş yavaş anlamaya başlamıştı. "Ne diyorsun sen?" diye sordu.

"Şimdi George kasabaya gitti ya, farz et ki bir daha dönmeyecek oradan, sen de ondan bir daha hiç haber alamayacaksın." Crooks zafer kazanmış bir tavırla konuşmaya devam etti: "Düşün bakalım bunu, diyelim ki George dönmedi bir daha ne yaparsın?"

"George böyle bir şey yapmaz ki," diye bağırdı Lennie. "George kesinlikle böyle bir şey yapmaz. Ben uzun süredir George'la beraberim. O bu gece kesin dönecektir ..." Ama bir an kuşkuya kapılmaktan da alamamıştı kendini. Dayanamayıp sordu: "Sence de dönecek, öyle değil mi?"

Crooks'un yüzü sözlerinin hedefine ulaştığını görünce keyifle parladı. "Birinin ne yapacağını önceden bilemezsin ki," diye sakince açıkladı. "Belki de dönmek ister buraya ama dönemez. Farz et ki başına bir şey geldi, yaralandı, hatta öldü, o zaman dönemez buraya işte."

Lennie duyduklarını anlamak için çaba harcıyordu. "George böyle bir şey yapmaz," diye yineledi az önce söylediğini. "George dikkatlidir. Yaralanmaz o. Hiç yaralanmadı ki daha önce, çok dikkatlidir o."

"Neyse sen yine de bir düşün, düşün ki dönmedi buraya. Sen ne yaparsın o zaman?"

Lennie'nin yüzü endişeyle kırıştı. "Bilmem ki. Hey, sen neler diyorsun hem böyle?" diye bağırdı. "Doğru değil bu söylediğin. George yaralı falan değil."

Crooks saldırmaya devam etti. "Sana ne olacağını söyleyeyim mi ben? Seni alıp tımarhaneye tıkarlar. Köpek gibi boynuna bir tasma geçirip götürürler seni."

Lennie'nin bakışları birden sabitleşti, sessiz bir öfke kapladı yüzünü. Ayağa kalkıp sinirle Crooks'a doğru yürümeye başladı. "George'u kim yaraladı?" diye sordu.

Crooks yaklaşan tehlikeyi hissetti. Yatağında geriye çekildi onun önünde durmamak için. "Sadece öyle olsa diye konuşuyordum ben," dedi. "George yaralı falan değil. Gayet iyi. Gece de dönecek buraya."

Lennie tepesine dikilmişti. "Niye öyle olsun ki? Kimsenin aklından George'un yaralanacağı geçmesin."

Crooks gözlüğünü çıkarıp eliyle gözlerini sildi. "Otur hadi yerine," dedi. "George yaralanmadı."

Lennie kendi kendine homurdanarak çivi kutusuna oturdu. "George yaralı demesin kimse," diye söylendi.

Crooks yumuşak bir sesle konuşmaya başladı: "Bak başka türlü anlatayım sana demek istediğimi. Senin George'un var. Onun geri döneceğini *biliyorsun.* Kimsen olmadığını düşün bir. Diyelim ki siyah olduğun için yatakhaneye gidip kâğıt oynayamıyorsun. Nasıl hissederdin kendini o zaman? Düşün ki bütün gün burada oturup kitap okumak zorundasın. Hava kararana kadar at nalı oynayabilirsin tabii, ama sonra işte buraya gelip kitap okumaktan başka yapacak bir şeyin yok. Kitaplar işe yaramıyor. İnsanın yanında olacak birine ihtiyacı var." İnlemeyi andıran bir sesle devam etti: "İnsan yanında biri olmazsa delirir. Kim olduğu hiç önemli değildir, yeter ki yanında olsun." Ağlamaya başladı. "Sana bir şey diyeyim mi? İnsan çok uzun süre yalnız kaldı mı hastalanır, yalnızlıktan hastalanır."

"George geri dönecek," dedi Lennie korku dolu bir sesle kendini teskin etmeye çalışarak. "Belki de dönmüştür bile. Gidip bir bakayım ben."

Crooks söze atıldı hemen: "Seni korkutmak istemedim. Dönecek George tabii ki. Ben kendimden söz ediyordum. Gece burada tek başına bir adam düşün, işte ya kitap okuyor ya da bir şeyler düşünüp öylece oturuyor. Bazen düşüncelerini birine söylemek ister doğru mu yanlış mı diye ama kimsesi yoktur işte. Bir şey görünce bile onu gördüğünden tam emin olamaz gösterecek kimsesi olmadığından. Yanındakine dönüp 'Gördün mü sen de?' diye soramaz ki. Bilemez ne gördüğünü. Soracak kimsesi yoktur ki. Ben de burada bir şeyler gördüm. Sarhoş da değildim. Uyukluyor muydum onu bilmiyorum. Yanımda biri olsaydı, 'Uyukluyordun' derdi belki bana, ben de o zaman 'Tamam,' derdim kendi kendime 'Öyle bir şey görmemişim.' Ama şimdi hiç bilemiyorum görüp görmediğimi." Crooks bakışlarını duvara, pencereden dışarıya yöneltmişti.

"George beni bırakıp uzaklara gitmez. Bunu yapmaz, eminim ben," dedi Lennie üzüntüyle.

Seyis dalgın dalgın konuşmaya devam etti: "Babamın tavuk çiftliğinde geçen çocukluğumu hatırlıyorum da, iki ağabeyim vardı. Hep yanımdaydı onlar, her zaman yanımdaydılar. Aynı odada, hatta aynı yatakta üçümüz beraber uyurduk. Çilek tarlamız vardı. Yonca tarlamız vardı. Güneşli sabahlarda tavukları yonca tarlasına salardık. Ağabeylerim çitin üzerine oturur izlerdi onları. Beyaz tavuklar tarlada dolanırdı."

Lennie dikkatini yavaş yavaş söylenenlere vermeye başlamıştı. "George tavşanlar için bizim de yonca tarlamız olacağını söyledi."

"Ne tavşanı?"

"Tavşanlarımız ve çilek tarlamız olacak bizim."

"Sen tam bir kaçıksın."

"Bizim de hayvanlarımız, tarlalarımız olacak. İnanmıyorsan bana George'a sor."

"Kaçığın tekisin sen," dedi Crooks alaycı bir sesle. "Yollara düşüp çiftliklerin kapısını çalıp iş arayan yüzlerce adam gördüm ben. Hepsinin sırtında battaniyesi kafasında da aynı kahrolası hayal vardır. Yüzlercesini gördüm ben onların. Gelir, çalışır, giderler ve işte her birinin aklında küçücük bir arazi hayali vardır. Ama içlerinden biri bile alamaz o küçücük araziyi. Cennete gitmek gibi bir şeydir arazi alma hayali de. Herkes küçük bir toprak ister. Ben bir sürü kitap okudum burada. Cennete giden olmamıştır, arazi alan da. Bu kafalarında gezip duran bir hayaldir sadece. Bütün gün onu anlatıp dururlar ama bir türlü gerçekleştiremezler." Konuşmayı kesip açık kapıya doğru baktı, atlar kıpırdanmaya başlamıştı, gem zincirleri de şıkırdıyordu. Bir at kişnedi. "Dışarıda biri var galiba," dedi Crooks. "Slim olabilir. Slim geceleri iki, bazen de üç kez gelir ahıra. Çok iyi bir arabacıdır. Gelip atlarıyla tek tek ilgilenir." Acı içinde eğilip bükülerek ayağa kalktı, kapıya doğru yürüdü. "Sen misin Slim?" diye bağırdı.

Candy'nin sesi duyuldu. "Slim kasabaya gitti. Lennie'yi gördün mü?"

"Şu koca çocuğu mu diyorsun?"

"Evet onu diyorum. Gördün mü buralarda bir yerde?"

"İçeride," dedi Crooks sert bir sesle. Yatağına gidip uzandı.

Candy eşikte sakat elinin bileğini kaşıyarak aydınlık odaya görmeyen gözlerle bakıyordu. Girmeye yeltenmedi. "Bak ne diyeceğim sana Lennic. Şu tavşanlarla ilgili hesap yapıyordum da..."

"İstiyorsan girebilirsin içeri," dedi Crooks tedirgin bir ifadeyle.

"Bilmem ki. Gel dersen gelirim tabii," dedi Candy mahcubiyetini gizlemeden.

"Gir içeri. Aklına esen damladığına göre sen de damlayabilirsin içeri." Crooks bu durumdan çok memnundu aslında, sevincini öfkeli görünerek örtmeye çalışıyordu.

Candy içeri girdi, hâlâ mahcup bir ifade vardı yüzünde. "Çok rahat, güzel bir odaymış burası," dedi Crooks'a. "Böyle kendine ait bir odan olması ne güzel."

"Güzel tabii," dedi Crooks. "Pencerenin altında da kocaman bir gübre yığını. Güzel tabii, ne demezsin?"

Lennie söze girdi: "Tavşanlarla ilgili bir şey söyleyecektin."

Candy yumru şeklindeki bileğini kaşıyarak duvara, çatlak hamutun yanına yaslandı. "Ben çok uzun bir süredir burada yaşıyorum. Crooks da öyle. Ve o kadar zaman boyunca odasına ilk defa giriyorum."

"Zenci bir adamın odasına gelmez çocuklar pek. Buraya Slim'den başka kimse gelmemiştir. Slim, bir de patron gelir buraya," dedi Crooks kederle.

Candy hızla konuyu değiştirdi. "Slim benim gördüğüm en iyi arabacıdır."

Lennie yaşlı temizlikçiye doğru eğildi. "Tavşanlar demiştin," diye az önce söylediğini yineledi.

Candy gülümsedi. "Hesap yaptım onlarla ilgili de. Olur da becerirsek onlardan para kazanabiliriz."

"Ama onlara ben bakacağım," diye atıldı Lennie. "George onlara benim bakacağımı söylemişti. Söz verdi zaten bana."

Crooks aniden söze girdi. "Kendinizi kandırıp duruyorsunuz siz. Sürekli bunu anlatıp duracaksınız biliyorum, ama hiçbir zaman kendi toprağınız olmayacak. Ömrün boyunca burada temizlikçi olacaksın sen ta ki günün birinde bir tabutun içinde buradan çıkana kadar. Bana baksanıza siz, ben o kadar çok gördüm ki sizin gibi hayal kuranları. Lennie de iki üç hafta içinde ayrılır buradan, yeni iş bakmak için yollara düşer. Herkesin kafasında vardır bu toprak hayali."

Candy sinirle yanağını ovuşturdu. "Biz yapacağız bunu ama. George yapacağımızı söylüyor. Hem de paramız hazır bile."

"Öyle mi?" dedi Crooks. "Peki George nerede şimdi? Kasabada, genelevin birinde. Paranız orada harcanıyor şu an sizin. Tanrım, o kadar çok izledim ki bu filmi ben. Kafasında toprak hayaliyle gezen o kadar çok adam tanıdım ki. Ama hiçbiri gerçekleştiremedi işte bunu."

Candy bağırmaya başladı: "Tabii ki hepsi bunun hayalini kurar. Herkes küçük bir toprak ister kendisi için, küçücük bir arazi yeter de artar bile. Kendisine ait olsun yeter. Ekip biçerek hayatını sürdürebileceği, kimsenin onu bir gün kapı dışarı etmeyeceği bir toprak. Benim hiç olmadı toprağım. Ben neredeyse bu eyaletteki herkesin toprağını ektim, ama ektiğim hiçbir tohum benim değildi ki. Hasatlarını da yaptım ama topladığım ürünlerin hiçbiri benim olmadı ki. Şimdi biz bunu becereceğiz, bundan hiç kuşkun olmasın. George kasabada tamam ama üstünde para yok ki. Para bankada duruyor. Ben, Lennie ve George birlikte yaşayacağız. Herkesin kendi odası olacak. Köpeğimiz, tavşanlarımız ve tavuklarımız olacak. Yemyeşil mısırlar ekeceğiz, bir ineğimiz, belki keçimiz bile olacak." Konuşmayı kesti birden, çizdiği tabloyla kendinden geçmişti sanki.

"Paranız var demek, öyle mi?" diye sordu Crooks.

"Var tabii. Arazi parasının çoğu hazır elimizde. Biraz daha koyduk mu üstüne tamamdır. Bir ayda toparlayacağız kalanı da. George araziyi bulmuş bile."

Crooks döndü, eliyle belini yokladı. "Bunu beceren kimseyi görmedim ben," dedi. "Kafayı toprak almaya takıp sonra gidip parasını genelevde ya da kumarda yiyenini çok gördüm ama." Durakladı bir an. "... Sizin ... sizin bedavaya çalışacak birine ihtiyacınız olursa ... gelip çalışabilirim ben arazinizde. Topallıyorum biraz ama durumum o kadar da kötü değil, canım isterse çok sıkı çalışırım ben."

"Curley'yi göreniniz oldu mu?"

Başlarını kapıya çevirdiler. Curley'nin karısı eşikte durmuş içeri bakıyordu. Yüzünde ağır bir makyaj vardı. Dudakları yarı aralıktı. Nefes nefeseydi, sanki koşarak gelmişti buraya.

"Curley burada değil," dedi Candy sert bir sesle.

Hâlâ eşikte duruyor, onlara hafifçe gülümsüyor, bir elinin tırnaklarını öteki elinin başparmağı ve işaret parmağıyla ovalayıp duruyordu. Gözlerini bir adamdan ötekine çeviriyordu. "İşe yaramazların hepsini çiftlikte bırakmışlar anlaşılan," dedi sonunda. "Nereye gittiklerini anlamayacağımı mı sandılar? Curley bile gitmiş onlarla. Nereye gittiklerini çok iyi biliyorum ben onların."

Lennie büyülenmiş bir halde kıza bakıyordu, ama Candy ile Crooks yüzlerinde asık bir ifadeyle gözlerini ondan kaçırmaya çalışıyorlardı."Madem biliyorsun Curley'nin nerede olduğunu o zaman bize neden soruyorsun?" dedi Candy.

Yüzünde eğlendiğini belli eden bir ifadeyle süzdü kız onları. "Bir şey çok tuhaf biliyor musunuz?" dedi. "Bir adamı yalnız yakaladığımda onunla çok iyi anlaşıyorum. Ama ne zaman iki kişi oluyorsunuz işte o zaman ağzınızdan laf alamıyorum. Çok tuhaf değil mi bu durum sizce de?" Tırnaklarını ovuşturmayı kesip ellerini beline koydu. "Birbirinizden korkuyorsunuz, asıl mesele bu. Biri sizin için kötü bir şey söyleyecek diye hepinizin ödü kopuyor."

Bir anlık sessizlikten sonra Crooks konuşmaya başladı: "Kendi evine gidersen şimdi çok seviniriz. Başımızın belaya girmesini istemiyoruz biz."

"Niye başınız belaya girsin ki ben buradayım diye? Arada bir canım biriyle sohbet etmek isteyemez mi yani? Bütün gün o evde kapalı kalmak zorunda mıyım ben?"

Candy yumru şeklindeki bileğini dizine koyup sağlam eliyle yumuşakça ovmaya başladı. Suçlayan bir ses tonuyla konuştu: "Senin bir kocan var. Başka erkeklerle takılıp onların başına bela açma."

Kız sinirle parladı birden. "Tabii ki bir kocam var. Hepiniz tanıyorsunuz onu, öyle değil mi? Ne harika biri, öyle değil mi? Bütün gün sevmediği adamlara neler yapmayı planladığını anlatan biri. Sevdiği tek bir kişi de yoktur. O küçücük evde oturup Curley'nin nasıl iki sol yumruk çakıp sonra da sağını indireceğini mi dinlemek zorundayım ben bütün gün? 'Bir-iki' diye anlatıp durur. 'Bir sol, sonra bir sağ, adam yerde.'" Konuşmayı kesti, öfkesi geçmişti, merakla sordu: "Hem siz söylesenize bana, Curley'nin eline ne olmuş?"

Odaya rahatsız edici bir sessizlik çöktü. Candy yan gözle Lennie'ye baktı. Sonra öksürdü. "Şey ... Curley ... elini makineye kaptırdı hanımefendi. Parçalandı eli."

Kız bir an baktı Candy'ye, sonra gülmeye başladı. "Kes saçmalamayı! Palavra atıp durma bana. Belli ki Curley sonunu getiremeyeceği bir dövüşe girmiş. Makineye sıkışmış, palavranın âlâsı! Eli parçalandığına göre artık kimseye bir sağ, bir sol çakamaz. Kim hakladı onu?"

Candy asık suratla tekrarladı söylediğini: "Elini makineye kaptırdı."

"Peki, tamam," dedi aşağılayarak. "Tamam koruyun onu bakalım. Bana ne zaten. Siz zavallı serseriler kendinizi pek bir akıllı görüyorsunuz. Beni kim sanıyorsunuz siz? Çocuk muyum ben kandırılacak? Sahneye çıkacaktım ben. Kaç tane teklif aldım bunun için biliyor musunuz siz? Bir adam beni filmde bile oynatabileceğini söylemişti ..." Öfkeden nefesi kesilmişti. "Cumartesi gecesi. Herkes dışarıda bir şeyler yapıp eğleniyor. Peki ben ne yapıyorum? Burada durmuş birkaç serseriyle konuşuyorum, kim var karşımda? Bir zenci, bir kıt akıllı koca çocuk, bir de moruklamış işçi parçası. Başka kimse olmadığı için etrafımda onlarla sohbet etmek zorundayım işte."

Lennie ağzı şaşkınlıktan açık onu izliyordu. Crooks zencilere özgü o korunaklı, ağırbaşlı havaya bürünmüştü. Ama yaşlı Candy'nin yüzü değişmişti. Birden ayağa fırladı, üstüne oturduğu çivi kutusunu tekmeledi. "Yetti artık," diye öfkeyle bağırdı. "Sen burada istenmiyorsun. İstenmediğini söyledik sana. Erkeklerle ilgili o içi boş düşüncelerini de kendine sakla. Öyle kuş beyinlisin ki bizim aylak serserilerden olmadığımızı göremiyorsun. Farz et ki kovdurdun bizi. Diyelim ki kovdurdun. Yola çıkıp bunun gibi iki paralık bir iş arayacağımızı mı sanıyorsun? Bizim kendi çiftliğimiz olduğunu, başımızı sokacak bir evimiz olduğunu bilmiyorsun ki. Buraya bağımlı değiliz biz. Kendi evimiz, tavuklarımız, meyve ağaçlarımız var, bizim yerimiz buradan çok ama çok daha güzel. Asıl önemlisi dostlarımız var bizim. Eskiden olsa kovulmaktan korkardık, ama artık böyle bir korkumuz yok. Kendi toprağımız var bizim, orası bizim toprağımız ve istediğimiz zaman gidebiliriz oraya."

Curley'nin karısı kahkahaya boğuldu. "Palavra," dedi. "Sizin gibileri çok gördüm ben. Biraz para gördü mü cebiniz, doğru gider içkiye yatırırsınız, deli gibi içerisiniz işte. Sizin gibileri iyi tanırım ben."

Candy'nin yüzü gittikçe kızarıyordu, ama kız sustuğunda kendisini toplamayı başardı. Duruma hâkim görünüyordu. "Belki de sen haklısındır," dedi kibarca. "Artık senin de gidip kendi oyuncaklarınla oynama vaktin gelmedi mi? Sana söyleyecek bir şeyimiz yok bizim zaten. Biz kim olduğumuzu biliyoruz, senin bunu bilip bilmemen umurumuzda değil. Artık buradan çıksan iyi olur, bakarsın Curley karısının ahırda biz 'zavallı serserilerle' sohbet etmesini pek hoş karşılamaz."

Kız bakışlarını bir yüzden ötekine çevirdi. Hepsi ona soğuk bakıyordu. Uzun uzun Lennie'yi süzdü o da, Lennie utanç içinde gözlerini yere indirene dek. Sonra birden "Yüzündeki o morluklar da ne senin öyle?"

Lennie suçlu bir tavırla başını kaldırdı. "Bana mı diyorsun?"

"Evet seninle konuşuyorum."

Lennie Candy'ye baktı yardım istercesine. Sonra gözlerini yere indirdi yeniden.

"Elini makineye kaptırdı," dedi.

Curley'nin karısı güldü. "Tamam anladım bu makine işini ben. Sonra konuşacağım seninle. Makineleri pek bir severim zaten."

Candy söze girdi. "İlişme sakın bu çocuğa. Ona bulaştığını görmeyeyim sakın. George'a söyleyeceğim seni. Lennie'ye bulaşmana hayatta izin vermez o."

"George da kim?" diye sordu. "Birlikte geldiğin şu ufak tefek adam mı?"

Lennie sevinçle gülümsedi. "Evet o," dedi. "Onun adı George. Tavşanlara bakmama izin veriyor o."

"Tavşansa derdin, senin için birkaç tane bulabilirim hemen."

Crooks yatağından kalkıp kızın karşısına dikildi. "Yetti artık," dedi sertçe. "Zenci bir adamın odasına girmeye hakkın yok senin. Burada böyle dolanmaya hiç mi hiç hakkın yok. Hemen çık şimdi buradan. Çıkmazsan patrona söyleyeceğim seni, buraya girmesini yasaklayın bu kızın diyeceğim."

Kız küçümseyen bakışlarla ona döndü. "Dinle beni şimdi zenci," dedi. "Ağzını açıp tek bir şey söylersen sana neler yapacağımı biliyorsun değil mi?"

Crooks umutsuzluk içinde kıza baktı, sonra yatağına oturup kendi köşesine çekildi.

Kız saldırmaya devam ediyordu: "Neler yapabileceğimi biliyorsun, öyle değil mi?"

Crooks sanki olduğu yerde iyice küçülüyordu. Kişiliği, benliği yok olmuştu adeta, insanda hoşlanma ya da tiksinti uyandıracak bir ifade bile yoktu yüzünde. "Evet hanımefendi," diyen sesi duygularını belli etmiyordu.

"O zaman haddini bil zenci. Seni ağacın birinde sallandırırım canım istediğinde, o kadar kolay yaparım ki bunu zevk bile almam."

Kız bir süre daha olduğu yerde dikildi, sanki adamın hareket etmesini bekliyordu, adam hareket edince o da kırbacını şaklatacaktı yeniden. Ama Crooks kıpırdamıyordu bile, gözlerini başka yöne çevirmiş, yara alabilecek her tür duyguyu içine akıtmış, sonsuz bir duygusuzluk içinde duruyordu öylece. Kız sonunda odadaki öteki iki adama çevirdi bakışlarını.

Yaşlı Candy şaşkınlıkla kıza bakıyordu. "Bunu yapmaya yeltenirsen gerçeği anlatırız biz de," dedi sakin bir ses tonuyla. "Crooks'a iftira attığını söyleriz."

"Söyleseniz ne olur sizi gerzekler," diye bağırdı. "Sizi kim dinler ki? Bunu gayet iyi biliyorsunuz siz de. Kimse sizin lafınıza inanmaz."

Candy hak verdi kıza. "Evet," dedi. "Kimse bizi dinlemez."

Lennie inler gibi bir sesle konuştu: "Keşke George burada olsaydı. Keşke George burada olsaydı."

Candy ona doğru bir adım attı. "Sakin ol," dedi. "Çocuklar geldiler, bak seslerini duydum az önce ben. George yatakhaneye girmiştir bile şimdiye." Curley'nin karısına döndü. "Şimdi eve gir sen de hemen," dedi alçak sesle. "Hemen şimdi evine dönersen biz de Curley'ye buraya uğradığını söylemeyiz."

Kız soğuk bir tavırla Candy'yi inceledi. "Ses falan duymadın, öyle değil mi?"

"Bu konuda bana güvensen iyi edersin," dedi. "Hem bana inanmasan bile ya doğruyu söylüyorsam diye düşünüp risk almamalısın bence."

Kız Lennie'ye döndü. "Curley'ye az da olsa haddini bildirmene çok sevindim. Aranıp duruyordu zaten. Bazen benim içimden bile geliyor ona şöyle bir haddini bildirmek." Kapıdan çıkıp karanlık ahırda gözden kayboldu. Ahırdan geçerken gem zincirleri şıngırdadı, bir iki at homurdandı, bir ikisi de ayaklarını sertçe yere vurdu.

Crooks yüzüne takındığı koruma maskesini yavaş yavaş çıkarıyordu sanki. "Çocukların döndüğünü duydun mu gerçekten?" diye sordu.

"Gerçekten duydum seslerini."

"Ama ben hiçbir şey duymadım."

"Dış kapının çarpma sesini duydum," dedi Candy. "Curley'nin karısı umarım kimseye görünmeden sessizce evine girmeyi başarır. Gerçi bu konuda çok fazla tecrübesi olduğuna kuşkum yok hiç."

Crooks'un bu konuda artık hiç konuşmak istemiyor gibi bir hali vardı. "Siz de gitseniz iyi olur artık," dedi. "Burada istemiyorum artık sizi. Pek kullanmasa da zenci bir adamın da kendine göre bazı hakları vardır."

"O sürtük seninle öyle konuşmamalıydı," dedi Candy.

"Önemli değil," dedi Crooks tepkisiz bir ifadeyle. "Siz içeri gelip oturdunuz ya benimle, ben de unutmuşum bazı şeyleri yoksa söylediklerinin hepsi doğru."

Ahırdaki atlar homurdanarak kişnediler, zincirler şıngırdadı ve bir ses duyuldu: "Lennie! Lennie! Ahırda mısın?"

"George bu," diye bağırdı Lennie. "George, buradayım George."

Bir saniye sonra George belirdi eşikte, içeriye gördüğünü onaylamayan bir ifadeyle bakıyordu. "Crooks'un odasında ne işin var senin? Buraya girmemen gerekirdi."

Crooks onaylayarak salladı başını. "Ben uyardım onları, ama beni dinlemeyip içeri girdiler."

"Peki niye kovmadın sen de onları?"

"Ne bileyim, benim de hoşuma gitti herhalde içeri gelmeleri," dedi Crooks. "Lennie iyi bir çocuk sonra."

Candy olduğu yerde kıpırdanmaya başladı. "Ah, George! Bir bilsen neler yaptım ben sen yokken. Hesap yapıp durdum. Tavşanlardan nasıl para kazanabileceğimizi bile hesapladım."

George'un yüzü asıldı. "Bundan kimseye söz etme dememiş miydim ben sana?"

Candy hayal kırıklığıyla başını eğdi. "Kimseye söylemedim ki, bir tek Crooks'a anlattım."

"Neyse, hadi bakalım çocuklar, çıkın bu odadan. Bir dakika bile yalnız bırakılmaya gelmiyorsunuz anlaşılan," dedi George.

Candy ile Lennie ayağa kalkıp kapıya yürüdü. Crooks seslendi: "Candy!"

"Evet?"

"Toprak çapalama ve ufak tefek işlerle ilgili söylediklerimi unutma sakın tamam mı?"

"Tamam," dedi Candy. "Unutmam, merak etme."

"Boş ver ya aslında, unut gitsin," dedi Crooks. "Ciddi değildim söylediklerimde. Dalga geçtim biraz. Öyle bir yere gitmem ben zaten."

"Tamam, peki. Sen bilirsin. İyi geceler."

Üç adam eşikten geçtiler. Ahıra girdiklerinde atlar kişnedi, gem zincirleri şıngırdadı.

Crooks yatağına oturdu ve bir an kapıya baktı, sonra elini uzatıp ağrı kesici merhemi aldı. Gömleğinin eteğini çıkardı arkasından, pembe avucuna bir parça merhem sıkıp elini arkaya götürüp yavaşça sırtını ovmaya başladı.

Geniş ahırın bir ucunda tavana kadar taze saman yığılıydı. Saman yığınının üzerinde sapından asılmış olan dört uçlu bir bel vardı. Saman bir dağ yamacı gibi ahırın öbür tarafına doğru yavaşça iniyordu. Yeni ürün için temiz bir alan ayrılmıştı. Kenarlarda yemlikler görülüyordu, tahta bölmelerin arasından da at kafaları.

Pazar günü öğleden sonraydı. Dinlenen atlar yemliklerindeki son samanları çiğniyor, ayaklarını sertçe yere vuruyor, yemliklerinin tahtasını dişliyor ve gem zincirlerini şıkırdatıyorlardı. Öğleden sonra güneşi ahırın duvarlarındaki çatlaklardan içeri sızıyor, saman yığınında parlak çizgiler oluşturuyordu. Sinekler vızıldayarak uçuşuyordu havada, tembel bir öğleden sonrasının değişmez sesleri...

Dışarıdan demir kazığa fırlatılan at nallarının şangırtısı, yarışan, tezahürat yapan, yuhalayan adamların bağırışları geliyordu. Ahır sessizdi ama, sinek vızıltılarının eşlik ettiği sakin ve ılık bir havası vardı.

Bir tek Lennie vardı ahırda. Samanla tam kaplanmamış bölümde bir yemliğin altına yerleştirilmiş bir sandık vardı, Lennie o sandığın yanındaki ince bir saman şiltesinin üstüne oturmuştu. Orada öylece oturmuş, önünde yatan ölü köpek yavrusuna bakıyordu. Yavruya uzun uzun baktıktan sonra kocaman elini uzatıp okşadı onu, başından kuyruğuna dek sıkı sıkı okşadı.

Yumuşak bir sesle konuşmaya başladı sonra yavruyla: "Neden öldün ki sanki? Fare kadar küçük de değildin. Çok da sallamadım ki seni elimde." Yavrunun kafasını kaldırıp yüzüne baktı ve şöyle dedi ona: "Şimdi belki de George senin öldüğünü görürse tavşanlara bakmama izin vermeyecek."

Küçük bir çukur açıp yavru köpeği içine koydu, üstünü samanla örttü, köpek görünmüyordu artık, ama o hâlâ bakışlarını önündeki tepecikten ayırmıyordu. "Gidip çalılıkta saklanmamı gerektirecek kadar kötü bir şey değil bu yaptığım. Yok, yok, o kadar kötü bir şey değil. George'a buraya geldiğimde çoktan ölmüş olduğunu söylerim," dedi.

Yavru köpeği gömdüğü yerden çıkarıp inceledi, kulaklarından kuyruğuna kadar okşadı her yerini. "Ama o anlar. George her şeyi bilir. 'Sen yaptın, biliyorum. Beni kandırmaya çalışma boşuna' der şimdi bunu öğrenince. 'İşte bu yüzden tavşanlara sen bakmayacaksın' da der," diye kederle konuştu kendi kendine.

Sonra öfkelendi birden. "Sen suçlusun," diye bağırdı. "Neden öldün ki hemen? Fare kadar küçük de değildin." Yavruyu kapıp uzak bir köşeye fırlattı. Arkasını döndü ona. Diz çöküp fısıldamaya başladı: "Tavşanlara ben bakamayacağım. Artık izin vermez bunu yapmama." Üzüntü içinde bir ileri bir geri sallanmaya başladı.

Dışarıdan demir kazığa çarpan at nallarının sesleri geliyordu. Sonra hep beraber bağıran adamların sesleri duyuldu. Lennie ayağa kalkıp yavru köpeği fırlattığı yerden aldı, önündeki samanın üstüne koyup oturdu. Yeniden okşadı köpeği. "Büyük değildin istediğim kadar," dedi. "Hep bana senin daha çok küçük olduğunu söyleyip durdular. Hemencecik öleceğini nereden bilebilirdim ki?" Parmaklarını yavrunun düşük kulağında gezdirdi. "Belki de George o kadar da önemsemez," dedi. "Belki de bu kahrolası küçük yaratığa hiç önem vermez George."

Curley'nin karısı en uçtaki atların durduğu bölmenin etrafından dolaşıp yaklaştı. Hiç ses çıkarmadan yürüdüğü için Lennie onu görmemişti. Parlak renkli pamuklu elbisesini ve kırmızı devekuşu tüylü terliklerini giymişti. Makyaj yapmıştı, saçları küçük buklelerle omuzlarına dökülüyordu. Lennie başını kaldırıp onu gördüğünde kız yanına kadar gelmişti.

Paniğe kapılıp yavru köpeğin üstüne elleriyle saman attı hemen. Yüzü asıktı, başını kaldırıp kıza baktı yeniden.

"Ne var orada, söyle bakayım bana seni sevimli çocuk."

Lennie ters ters baktı ona. "George senden uzak durmamı söyledi bana, seninle konuşmam yasakmış."

Kız güldü. "George hep böyle emir mi verir sana?"

Lennie bakışlarını samana yöneltti. "Seninle konuşursam ya da işte yanında durursam tavşanlara bakamazmışım, George öyle diyor."

Alçak bir sesle konuştu kız: "Curley kızar diye demiştir öyle. Boş versene sen onu şimdi. Curley'nin kolu askıda biliyor musun? Yeniden diklenirse sana bu sefer de öteki elini koparırsın. O elini makineye kaptırmış palavrasını da yuttuğumu sanma sakın."

Ama Lennie etkilenmiyordu kızın söylediklerinden. "Olmaz efendim. Konuşamam kesinlikle sizinle, yanınızda da duramam."

Kız Lennie'nin yanına, samana çömeldi. "Dinlesene beni," dedi. "Çocukların hepsi at nalı oynanan arazide şu an. Saat daha dört. Çocuklardan hiçbiri ayrılmaz o araziden. Neden seninle biraz sohbet edemeyecekmişim ki ben? Konuşacak kimsem yok. O kadar yalnızım ki..."

"Ama ben seninle konuşamam, yanında da duramam," dedi Lennie.

"Çok yalnızım," dedi kız. "Siz hepiniz birbirinizle sohbet ediyorsunuz, ama ben bir tek Curley'yle konuşabiliyorum. Ondan başka biriyle konuşacak olursam küplere biniyor sinirden. Kendini benim yerime koysana. İnsanlarla konuşman yasak olsa sen ne yapardın?"

"Ben seninle konuşamam. George başımı belaya sokmamdan korkuyor," dedi Lennie.

Kız konuyu değiştirdi. "Neyin üstünü örttün demin sen?"

Lennie kederlendi yine. "Yavru köpeğimin üstünü örttüm," dedi acıyla. Sonra köpeğin üstündeki samanı aldı eliyle.

"Aaa ölmüş bu hayvan," diye bağırdı kız.

"O kadar küçüktü ki," dedi Lennie. "Oynuyordum ben onunla ... bir an ısıracak gibi oldu beni ... ben de ona vuracakmış gibi yaptım ... sonra ... sonra vurdum ona. O da öldü hemen."

Kız onu teselli etti. "Üzülme artık. Sonuç olarak kırma bir köpek yavrusu. Başka bir tane bulursun kendine istersen hemen. Her yer kırma köpek yavrusu dolu..."

"Mesele bu değil ki," diye açıkladı Lennie üzüntü içinde. "George şimdi tavşanlara bakmama izin vermeyecek."

"Neden vermesin ki?"

"Bir daha kötü bir şey yaparsam tavşanlara bakmama izin vermeyeceğini söyledi de ondan."

Kız Lennie'ye sokuldu ve onu yatıştırmaya çalışan yumuşak bir sesle konuşmaya başladı: "Benimle konuşmaktan çekinme. Bak dışarıda bağırıp duruyor çocuklar. O oyunu kazanan dört doları alacak. Oyun bitene kadar kimse kıpırdamaz oradan."

"George seninle konuştuğumu görürse mahveder beni," dedi Lennie çekinerek. "Beni uyarmıştı önceden."

Kızın yüzünü öfke kapladı. "Neyim eksik ki benim?" diye bağırdı. "Biriyle konuşmaya hakkım yok mu benim? Ne sanıyor bunlar beni anlamadım ki. Sen iyi bir çocuksun. Seninle neden konuşamayacakmışım ki? Sana bir zararım olmaz benim."

"George senin ortalığı karıştıracağını söylüyor."

"Aa, deli midir bu nedir?" dedi. "Sana nasıl zarar verebilirim ki ben? Kimsenin benim nasıl bir hayat sürdüğümü gördüğü yok. Sana bir şey söyleyeyim mi? Benim eskiden farklı bir hayatım vardı. Bir şeyler becerecektim de aslında ama..." Bir sır verirmiş gibi konuşmaya başladı: "Belki hâlâ becerebilirim." Karşısındaki kişi zorla alınıp başka bir yere götürülmeden önce aklındaki her şeyi söylemek istermiş gibi hızla sıralamaya koyuldu sözlerini: "Salinas'ta yaşıyordum ben," dedi. "Çocukken yerleşmişiz Salinas'a. Bir gün bir tiyatro grubu geldi bizim oraya. Erkek oyunculardan biriyle tanıştım. Bana onlara katılabileceğimi söyledi. Ama annem bırakmadı beni işte. Daha on beş yaşındaymışım, o da izin veremezmiş, öyle dedi. Ama o adam gruba katılabileceğimi ısrarla söyleyip durdu. İşte o zaman gitseydim onlarla farklı bir hayatım olurdu benim."

Lennie yavru köpeği hızla okşayıp duruyordu. "Küçük bir arazimiz, bir de tavşanlarımız olacak bizim," diye açıklama yaptı.

Kız sözünün kesilmesinden korkarak hikâyesini anlatmaya devam etti: "Sonra başka biriyle tanıştım, film işindeydi o. Riverside Dans Kulübü'ne gittim onunla. Beni filmlerde oynatacağını söyledi. Bu iş için yaratılmışım ben, öyle demişti. Hollywood'a dönünce iş bakıp bana mektup yazacaktı." Dikkatle Lennie'ye baktı etkilenip etkilenmediğini görmek için. "O mektup hiç elime geçmedi ama," dedi. "Hep annemin çaldığını düşündüm. Hiçbir yere gidemediğim gibi kendi başıma bir şeyler de yapamıyordum, mektuplarım da çalındığına göre artık orada kalmamın bir anlamı yoktu. Sordum anneme mektubu sen mi aldın diye, hayır dedi. Ben de bu olanlar üzerine Curley'yle evlendim. Salinas'tan ayrılmaya karar verdiğim gece Riverside Dans Kulübü'nde tanıştım onunla." Bir an durdu ve "Dinliyor musun beni?" diye sordu.

"Dinliyorum tabii."

"Daha önce kimseye söylemediğim bir şeyi söyleyeceğim sana şimdi. Belki de söylememeliyim ama söyleyeceğim işte. Ben Curley'yi *sevmiyorum.* İyi biri değil o." Lennie'ye bir sır vermenin rahatlığıyla iyice sokulup yanına oturdu. "Filmlerde oynayabilirdim, güzel elbiselerim olabilirdi, artistlerin giydiği o güzel elbiselerden bende de olabilirdi. Büyük otellerde kalabilirdim, fotoğrafım çekilirdi sürekli. Galalara giderdim, radyoda konuşurdum. Cebimden tek sent bile çıkmazdı, filmlerde oynadığım için her yere davet edilirdim. Artistlerin giydiği o güzel elbiselerden giyerdim. O adam oyuncu olmak için yaratıldığımı söylemişti ya." Başını kaldırıp Lennie'ye baktı, rol yapabileceğini göstermek için eliyle reveransa benzer bir hareket yaptı. Bileğini kaldırdıkça parmakları da hareket etti, serçe parmağı ötekilerden ayrı kaskatı kaldı havada.

Lennie derin derin iç geçirdi. Dışarıdan metale çarpan bir at nalının sesi geldi, sonra da neşeli çığlık sesleri duyuldu. "Biri nalı kazığa sokmayı başardı," dedi Curley'nin karısı.

Güneş alçaldıkça ahırdaki ışık yükseliyordu, güneş ışınları duvara tırmanıyor, yemliklere, atların kafalarına vuruyordu.

Lennie konuşmaya başladı: "Bu yavruyu alıp dışarıda bir yere atarsam belki George'un haberi olmaz. Ben de tavşanlarıma rahatlıkla bakabilirim böylece."

Curley'nin karısı öfkeyle cevap verdi: "Sen tavşanlardan başka bir şey düşünmez misin?"

"Küçük bir arazimiz olacak," diye sabırla anlatmaya başladı yine Lennie. "Bir evimiz, bahçemiz, yonca tarlamız da olacak. Tavşanlar için lazım yonca tarlası. Ben bir çuval alıp yoncayla dolduracağım, sonra da tavşanlara vereceğim topladığım yoncaların hepsini."

"Sen niye kafanı tavşanlara taktın böyle?" diye sordu.

Lennie bu soruya yanıt verebilmek için bir süre düşündü. Sonra ağır hareketlerle yanaştı kıza, artık vücutları birbirine değiyordu. "Ben güzel şeyleri okşamayı severim de. Bir panayırda uzun tüylü tavşanlardan görmüştüm. O kadar tatlılardı ki. Daha güzel bir şey bulamadığımda fareleri okşadığım bile oluyor."

Curley'nin karısı bir parça uzaklaştı ondan. "Bence sen kaçığın tekisin," dedi.

"Hayır, değilim," diye açıklamaya çalıştı Lennie ısrarla. "George kaçık olmadığımı söylüyor. Güzel şeyleri, yumuşak şeyleri parmaklarımla okşamayı seviyorum ben sadece."

Kız biraz rahatlamış gibiydi. "Kim sevmez ki?" dedi. "Herkes sever bu dediğini yapmayı. Ben mesela ipeğe ve kadifeye dokunmayı çok severim. Kadifeye dokunmayı sever misin sen de?"

Lennie mutluluk içinde kıkırdadı. "Tanrım, sevmez miyim hiç," diye bağırdı. "Bir ara bir parça kadifem vardı benim. Bir kadın vermişti bana, o benim Clara Teyzemdi. Bana o vermişti, bu kadar büyük bir parça kadifeyi. Keşke şimdi yanımda olsaydı o kadife." Yüzü asıldı. "Kaybettim onu," dedi. "Uzun zamandır yok yanımda."

Curley'nin karısı güldü Lennie'ye. "Kaçıksın sen," dedi. "Ama yine de iyi bir adamsın. Sanki hiç büyümemiş bir çocuk gibi. Senin bunu yapmayı neden sevdiğini anlayabilir insan. Saçımı tararken bazen kendi saçımı okşarım ben de, o kadar yumuşak gelir ki kendi saçım bazen bana." Bunu nasıl yaptığını göstermek için parmaklarını geçirdi saçlarının arasından. "Bazılarının saçları kalın telli olur," dedi kendini beğenmiş bir tavırla. "Mesela Curley'ninki öyledir. Demir bir tel kadar serttir saçları. Ama benimkiler ince ve yumuşaktır. Tabii çok fırçalarım ben saçımı, ondan olabilir. Sık fırçalamak saçı güzelleştirir. Şuraya dokunsana." Lennie'nin elini tutup başının üstüne koydu. "Dokun bak, dokun da saçımın ne kadar yumuşak olduğunu gör."

Lennie'nin kocaman elleri kızın saçlarını okşamaya başladı.

"Ama sakın bozma saçımı," dedi.

"Ah, ne kadar güzel!" dedi Lennie ve daha sert okşamaya başladı. "Ah, çok güzel!"

"Dikkat et bozacaksın saçımı," dedikten sonra öfkeyle bağırmaya başladı: "Bırak artık, mahvedeceksin saçımı." Başını hızla yana çevirdi, ama Lennie'nin parmakları saçına yapışmıştı, bırakmıyordu onu. "Bıraksana," diye bağırdı. "Bıraksana saçımı."

Lennie paniğe kapılmıştı. Yüzünde tuhaf bir ifade vardı. Kız çığlık atmaya başladı. Bunun üzerine Lennie'nin öteki eli kızın ağzını ve burnunu kapattı. "Bağırma lütfen," diye yalvardı. "Ah, lütfen yapma bunu! George sonra bana çok kızar."

Kız Lennie'nin ellerinden kurtulmak için mücadele ediyordu. Ayaklarını samanlara sertçe vuruyor, kurtulabilmek için çırpınıyordu olduğu yerde; sonra Lennie'nin elinin altından boğuk bir çığlık duyuldu. Lennie korku içinde ağlamaya başladı. "Ah! Lütfen bunu yapma," diye yalvardı. "George kötü bir şey yaptığımı söyler sonra. Tavşanlara bakmama izin vermez." Elini kızın ağzından biraz çekti, kısık sesli bir çığlık duyuldu hemen. Kızdı buna Lennie. "Yapma bunu dedim sana. Bağırmanı istemiyorum. George'un dediği gibi başımı belaya sokacaksın işte. Bağırma dedim sana." Kız Lennie'nin ellerinden kurtulmak için mücadele etmeye devam etti, gözleri dehşet içinde kocaman olmuştu. İşte o zaman şöyle bir salladı onu Lennie, çok öfkeliydi. "Bağırıp durma," dedi ve salladı onu yine; kızın vücudu oltaya takılmış balık gibi çırpındı. Sonra birden hareketsiz kaldı. Lennie boynunu kırmıştı.

Eğilip kıza baktı, elini yavaşça ağzından çekti, kız hiç kıpırdamadı. "Seni incitmek istemiyorum," dedi. "Ama böyle bağırıp durursan George bana çok kızar." Kız cevap vermeyip hiç kıpırdamayınca Lennie iyice eğildi onun üzerine. Kızın kolunu kaldırdı, bırakınca kol düşüverdi aşağı. Bir an şaşkınlıktan dondu kaldı. Sonra korku içinde mırıldanmaya başladı: "Kötü bir şey yaptım ben. Yine kötü bir şey yaptım ben."

Kızın vücudunu samanla örtmeye başladı. Vücudunun yarısını kapayıverdi hemen samanla.

Ahırın dışından adamların bağırışları ve iki kere çarpan metal nalların şangırtıları geldi. Lennie ilk kez dışarıda insanların olduğunu fark etti. Samanların üstünde diz çöktü ve dışarıdan gelen sesleri dinledi. "Çok kötü bir şey yaptım," dedi. "Yapmamalıydım böyle bir şey. George çok kızacak bana. Ne ... ne demişti ... o gelene kadar çalılıkta saklan. Çok kızacak bana. O gelene kadar çalılıkta saklan. Öyle demişti bana." Lennie ayağa kalkıp kızın ölü bedenine baktı. Yavru köpek de kızın yanında yatıyordu. Lennie köpeği aldı yerden. "Onu dışarıda bir yere atacağım," dedi. "Yeterince kötü şey bırakıyorum arkamda." Yavru köpeği ceketinin içine soktu, ahırın duvarına kadar emekleyerek yürüdü, çatlakların arasından dışarı, at nalı oyununun oynandığı yere doğru baktı. Sonra en uçtaki yemliğe kadar emekledi ve gözden kayboldu.

Duvardaki güneş ışıkları iyice yükselmişti artık, ahır yavaş yavaş kararıyordu. Curley'nin karısı vücudunun yarısı samanla kaplı, sırtüstü yatıyordu yerde.

Ortalık çok sessizdi. Çiftliğin her yanına akşamüstü sessizliği çökmüştü. Fırlatılan nalların, bağıran adamların sesleri bile daha yavaş çıkmaya başlamıştı sanki. Ahırın içi dışarıya oranla daha karanlıktı. Bir güvercin ahırın saman boşaltılan açık kapısından girdi, içeride bir daire çizip dışarı çıktı sonra. Atların bulunduğu son bölmenin yanından şiş memeleri aşağı sarkan, ince ve uzun gövdeli bir çoban köpeği geldi. Yavrularının bulunduğu sandığa doğru yürürken birden Curley'nin karısının ölmüş bedeninin kokusunu alınca sırtındaki tüyler kabardı. İnledi ve sandığın yanına korkuyla sindi, sonra da yavrularının arasına atladı.

Curley'nin karısı vücudunun yarısı sarı samanla örtülmüş halde yatıyordu. Kötülük, sinsilik, memnuniyetsizlik ve ilgi çekme isteğinden iz kalmamıştı yüzünde. Çok doğal ve güzel görünüyordu, yüzü hoş ve genç duruyordu. Allık sürülmüş yanakları ve rujla kaplı dudakları şimdi onu canlıymış da hafif bir uykuya dalmış gibi gösteriyordu. Küçük, sevimli bukleleri başının altındaki samana yayılmıştı, dudakları aralıktı.

Kimi zaman olan o tuhaf şey yine oldu: Bir an her şey durdu, sadece o uzun süren durgunluk yaşandı. Sesler durdu, hareketlerin çoğu da kesildi ve bu durgunluk bir andan çok daha fazla, uzunca bir süre boyunca asılı kaldı havada.

Sonra her şey yavaş yavaş uyanmaya başladı yeniden, zaman ağır ağır geçmeye başladı yine. Atlar yemliklerin öteki tarafında ayaklarını sert sert yere vurdular, gem zincirleri şıngırdadı. Erkeklerin dışarıdan gelen sesleri daha yüksek çıkmaya başladı, artık ne dedikleri de anlaşılıyordu.

En uçtaki atlara ayrılmış bölmenin yanından yaşlı Candy'nin sesi duyuldu. "Lennie," diye seslendi. "Lennie? İçeride misin? Yeni bir sürü hesap yaptım. Bak sana ne diyeceğim Lennie. Şunu da yapabiliriz bence." Yaşlı Candy bölmenin etrafını dolaşıp ahırın ortasına geldi. "Lennie!" diye bağırdı yeniden, sonra sustu birden, kaskatı kesilmişti durduğu yerde. Yumru şeklindeki bileğiyle sert beyaz sakalını kaşıdı. "Senin burada olduğunu bilmiyordum," dedi Curley'nin karısına.

Kız cevap vermeyince ona doğru yürüdü Candy. "Burada uyuyamazsın," dedi onaylamayan bir ses tonuyla, sonra tam başına geldi kızın. "Ah, aman Tanrım!" Çaresizlikle etrafına bakındı ve sakalını sıvazladı. Sonra koşar adımlarla ahırdan dışarı attı kendisini.

Ahır canlanmıştı ama artık. Atlar ayaklarını yere vurup kişnemeye başladılar, eğilip bölmelerindeki samanları alıp çiğniyor, gem zincirlerini birbirine vuruyorlardı. Kısa bir an sonra Candy geri geldi, bu kez yanında George da vardı.

"Beni niye getirdin buraya?" diye sordu George.

Candy Curley'nin karısını işaret etti. George kıza baktı. "Ne olmuş ona?" diye sordu. Yaklaştı, sonra onun da dudaklarından Candy'nin sözleri döküldü: "Ah, aman Tanrım!"

Kızın yanında diz çöktü. Elini kızın kalbinin üstüne koydu. Yavaşça ayağa kalkıp dimdik durduğunda yüzü taş gibi kaskatı ve ifadesizdi. Sert bakışlarında acı vardı.

"Nasıl olmuş bu?" diye sordu Candy.

George buz gibi bakışlarla süzdü onu. "Anlamadın mı?" dedi. Candy cevap vermedi. "Bunun olacağını öngörmeliydim," dedi George çaresizlikle. "Her an bekliyordum böyle bir olayı aslında."

"Ne yapacağız şimdi George? Ne yapacağız biz?" diye sordu Candy.

George cevap vermeden önce uzun bir süre düşündü. "Herhalde ... çocuklara ... evet onlara söyleyeceğiz. Onu bulup bir yerde saklamamız lazım. Kaçmasına izin veremeyiz. Tek başına kaldı mı açlıktan ölür bizim aptal çocuk." Sonra kendini inandırmaya çalışarak şöyle dedi: "Belki de bir yere kapatır, bakarlar ona orada iyi bir şekilde."

Candy heyecanla atıldı: "Kaçmasına izin vermeliyiz. Sen Curley'yi tanımıyorsun. Curley linç ettirir onu. Kesinlikle öldürtür."

George Candy'nin yüzüne dikti bakışlarını. "Evet," dedi sonunda, "doğru söylüyorsun, Curley bunu yapacaktır. Öteki çocuklar da yapar bunu." Sonra Curley'nin karısına çevirdi bakışlarını yine.

Candy içindeki en büyük korkuyu söze döktü: "Seninle ben o küçük araziyi alabiliriz, öyle değil mi George? Oraya yerleşip ikimiz birlikte yaşayabiliriz, değil mi? Yaşarız orada birlikte güzelce, öyle değil mi?"

George'un cevap vermesini beklemeden başını öne eğip saman yığınına baktı Candy. Cevabı biliyordu.

George yumuşak bir sesle konuşmaya başladı: "En başından beri biliyordum. Ta en başından beri biliyordum bu hayalin gerçek olmayacağını. O kadar çok anlattırdı ki, ben de belki bir gün gerçekleştiririz hayalimizi diye umut etmeye başladım."

"Yani ... artık öyle bir şey olmayacak, değil mi?" diye sordu Candy kaşlarını çatarak.

George bu soruya cevap vermedi. "Bir ay boyunca çalışıp elli dolarımı alacağım, sonra da pis bir genelevde bir gece geçireceğim. Ya da bir bilardo salonuna gider, gecenin geç saatlerine, herkes evine gidene kadar oyun oynarım. Sonra buraya dönüp bir ay daha çalışır, yeniden bir elli dolar daha kazanırım."

"O kadar da iyi bir çocuk ki. Onun böyle bir şey yapacağı aklımın ucundan bile geçmezdi."

George gözlerini Curley'nin karısından ayırmamıştı hâlâ. "Lennie kötülük olsun diye yapmadı bunu," dedi. "Hep kötü şeyler yaptı şimdiye kadar, ama hiçbirini bilerek, kötülük olsun diye yapmadı." George doğruldu ve Candy'ye çevirdi başını. "Şimdi iyi dinle beni. Çocuklara anlatmamız lazım bu durumu. Onlar da onu yakalamak isteyecekler herhalde o zaman. Bunu yapmak zorundalar zaten. Umarım canını yakmazlar." Sert bir sesle devam etti konuşmaya: "Lennie'nin canını yakmalarına izin vermeyeceğim. Dinle beni. Çocuklar benim de bu işin içinde olduğumu düşünebilirler. Ben yatakhaneye gideceğim şimdi. Bir iki dakika sonra sen oraya gelip kızın durumunu haber ver çocuklara. Ben de onlarla birlikte buraya gelirim, kızı önceden görmemiş gibi yaparım. Anladın mı dediğimi? Böyle yaparsak çocuklar benim de işin içinde olduğumu düşünmezler."

"Anladım tabii George. Yapacağım bu dediğini," dedi Candy.

"Tamam o zaman. Bir iki dakika sonra koşarak yatakhaneye geliyorsun, çocuklara kızı burada bulduğunu söylüyorsun. Ben çıkıyorum şimdi." George dönüp hızla çıktı ahırdan.

Yaşlı Candy arkasından baktı. Sonra çaresizlik içinde Curley'nin karısına çevirdi bakışlarını. Kısa bir an sonra duyduğu üzüntü ve öfke sözcüklere döküldü: "Seni pislik," dedi iğrenerek. "Becerdin sonunda işte, memnun musun şimdi bu yaptığına? Herkes biliyordu ortalığı karıştıracağını senin. Bir işe yaradığın da yoktu. Şimdi istesen de bir işe yarayamazsın, seni pis sürtük." Burnunu çekerek ağlamaya başladı, sesi de titriyordu: "Bahçeyi çapalayıp bulaşıkları yıkayacaktım, böylece yardım edecektim çocuklara." Sustu bir an, sonra mekanik bir ses tonuyla yineledi aynı sözleri: "Kasabaya bir sirk gelirse ya da beyzbol oynanırsa ... gideriz hemen ... 'şimdi boş ver işi' der gideriz hemen. Kimseden izin istemeyiz. Hem domuzlarımız, hem de tavuklarımız olacak ... kış geldi mi ... yağmur yağdığında ... içi dolu küçük sobamızın ... başında oturacağız." Gözleri yaşlarla doldu, arkasını dönüp yumru şeklindeki bileğiyle sert sakalını ovuşturarak yavaş adımlarla ahırdan çıktı.

Dışarıdaki oyun gürültüsü kesilmişti. Havada uçuşan sorular, koşuşturma sesleri ve ahıra doluşan adamların patırtısı duyuluyordu şimdi. Slim, Carlson, genç Whit, Curley ve dikkat çekmemek için geride duran Crooks ahırın kapısındaydı. Onların arkasında Candy, onun da arkasında George göründü. George mavi kot ceketini giymiş, önünü iliklemişti, siyah şapkasını gözlerinin üstüne indirmişti. Erkekler atların bulunduğu son bölmenin önüne koşarak gittiler. Gözleri loşlukta Curley'nin karısını seçince öylece oldukları yerde kalakaldılar.

Sonra Slim yavaşça yanına gidip kızın bileğini tuttu. İnce uzun bir parmak kızın yanağına dokundu. Sonra elini hafifçe dönmüş boynunun altına sokup parmaklarını kızın boynunda gezdirdi. Ayağa kalktığında erkekler onun etrafında toplandı. Şaşkınlığın getirdiği sessizlik sona erdi.

Curley içine düştüğü durgunluktan sıyrılıverdi. "Kimin yaptığını biliyorum," diye bağırdı. "O iri orospu çocuğu yaptı bunu. Biliyorum onun yaptığını. Onun dışındaki herkes dışarıda at nalı oynuyordu." Ateşli bir öfkeye kapıldı. "Onu yakalayacağım. Gidip tüfeğimi alayım. O iri orospu çocuğunu kendi ellerimle öldüreceğim. Karnını kurşunla dolduracağım onun. Hadi, gelin benimle çocuklar." Ahırdan sinir içinde koşarak çıktı. "Ben de Luger tabancamı alayım," diyen Carlson da koşarak çıktı.

Slim sakin bir tavırla George'a döndü. "Bence de Lennie yapmış bunu," dedi. "Kızın boynu kırılmış. Bunu ancak Lennie yapar."

George cevap vermek yerine başını yavaşça salladı. Şapkası alnını öylesine kaplamıştı ki gözleri görünmüyordu.

"Weed'de de olmuş ya böyle bir şey, sen anlatmıştın, herhalde yine öyle oldu," diye devam etti konuşmaya Slim.

George yine başını salladı.

Slim derin bir nefes aldı. "Bu durumda onu yakalamamız gerekecek. Sence nerededir şimdi?"

George'un konuşabilmesi için bir sürenin geçmesi gerekti sanki. "O ... güneye gitmiştir," dedi. "Kuzeyden geliyoruz ya biz, o şimdi güneye yönelmiştir."

"Onu yakalamamız gerekecek," diye tekrar etti Slim.

George bir adım atıp Slim'e yaklaştı. "Biz bulup getirsek onu, onlar da bir yere kapatsalar, olmaz mı? O yarım akıllı Slim. Bunu kötülük olsun diye yapmamıştır kesinlikle."

Slim başını salladı. "Yapabiliriz bunu," dedi. "Curley'yi içeride tutabilirsek olur. Ama bu zor, çünkü Curley mutlaka onu vurmak isteyecektir. Eli yüzünden kızgın zaten ona. Onu bağlayıp bir kafese kapadıklarını düşünsene. Bu da onun için iyi olmaz ki George."

"Biliyorum," dedi George. "Biliyorum."

Carlson koşarak içeri girdi. "O piç benim tabancamı çalmış," diye bağırdı. "Çantamda yok tabancam." Peşinden Curley girdi içeri, sağlam elinde bir tüfek vardı. Sakinleşmiş görünüyordu.

"Evet çocuklar, toplanalım şimdi," dedi. "Zencinin de tüfeği var. Sen onu al Carlson. Gördüğün an hemen çek tetiği. Karnına ateş et. Hemen iki büklüm olup yere düşer."

Whit heyecanla atıldı: "Benim silahım yok."

"Sen Soledad'a gidip bir polis bul. Şerif yardımcısı Al Wilts'i bul getir buraya. Hadi biz dışarı çıkalım şimdi," dedi. Sonra kuşkuyla George'u süzdü. "Sen de bizimle geliyorsun, öyle değil mi?"

"Evet," dedi George. "Geliyorum ben de. Ama beni dinler misin Curley? O zavallı çocuk yarım akıllıdır. Onu vurmayın. Ne yaptığının farkında bile değildir o."

"Onu vurmayalım mı?" diye bağırdı Curley. "Carlson'ın tabancasını almış. Tabii ki vuracağız onu."

George alçak bir sesle, "Carlson tabancasını kaybetmiştir belki de," dedi.

"Daha bu sabah çantamdaydı," dedi Carlson. "Biri almış onu oradan."

Slim Curley'nin karısına bakıyordu. "Curley, sen burada karının yanında kalsan iyi olmaz mı?"

Curley'nin yüzü kıpkırmızı kesildi öfkeden. "Gidiyorum ben," dedi. "O iri piçi kendi ellerimle vurup bağırsaklarını delik deşik edeceğim. Tek elim de olsa yapacağım bunu. Öldüreceğim o piçi."

Slim Candy'ye döndü. "O zaman sen kal kızın başında Candy. Biz hep birlikte çıkalım."

Hepsi yürümeye başladı. George bir an Candy'nin yanında durdu, ikisi birden kızın ölü bedenine baktılar Curley'nin sesini duyana dek. "George, sana diyorum George! Sen de bizimle geleceksin, gelmezsen senin de bu işte parmağın olduğunu düşünürüz, ona göre."

George arkalarından yavaş adımlarla, ayaklarını sürüyerek çıktı.

Hepsi dışarı çıktığında Candy samanın üstüne çömeldi ve Curley'nin karısının yüzünü inceledi. "Zavallı çocuk," diye mırıldandı kendi kendine.

Erkeklerin sesi gitgide azaldı dışarıda. Ahırın içi yavaş yavaş kararıyordu, atlar bölmelerinde ayaklarını yere vurup gem zincirlerini şangırdattılar. Yaşlı Candy cesede uzanıp eliyle gözlerini kapadı.

Salinas Nehri'nin vadide oluşturduğu yeşil gölün yüzeyinde karanlık çökmek üzereyken hiç kıpırtı yoktu. Güneş vadiyi terk edip Gabilan Dağları'nın yamaçlarına tırmanmaya başlamıştı bile. Dağların zirveleri güneşin altında pembe pembe parlıyordu. Gölün kıyısındaki benekli çınarların arasını hoş bir gölge kaplamıştı.

Bir su yılanı periskopu andıran kafasını bir o yana bir bu yana çevirerek gölün üstünde yumuşakça kaydı, sonra gölü boydan boya geçip sığ yerde hareketsiz duran balıkçılın bacaklarına yaklaştı. Sessiz bir baş ve gaga, mızrak gibi daldı suya ve yılanı kafasından yakalayıverdi; kuyruğunu delice savurup duran yılan gaganın derinliklerinde kayboldu.

Uzaklarda bir yerde sert esen rüzgârın sesi geldi ve ağaçların tepeleri ani bir esintiyle hafifçe dalgalandı. Çınar yapraklarının gümüş rengi yüzleri gökyüzüne döndü, yerdeki kahverengi, kuru yapraklar uçuştu. Esintinin yarattığı minik dalgalar gölün yüzeyini sırayla hareketlendirdi.

Esinti başladığı gibi kesildi aniden ve gölün kıyısını yeniden sessizlik kapladı. Balıkçıl sığ yerde hareketsiz duruyor, öylece bekliyordu. Küçük bir su yılanı daha periskopu andıran kafasını bir o yana bir bu yana çevirerek gölün yüzeyine yükseldi.

Çalılıktan Lennie çıktı birden. Bir ayı toprakta nasıl sessizce yürürse o da öyle sessizce yürüyordu. Balıkçıl kanatlarını çırptı, yavaşça havalandı sudan ve nehrin aşağısına doğru uçtu. Küçük yılan gölün kıyısını kaplayan sazların arasında kayboldu.

Lennie sessizce gölün kıyısına geldi. Eğilip dudaklarını gölün yüzeyine çok az değdirerek su içti. Arkasında kuru yaprakların arasından küçük bir kuş sekerek geçti. Sesi duyunca irkildi, başını çevirdi, gözlerini dört açıp kulaklarını dikerek sesin nereden geldiğini anlamaya çalıştı, kuşu görünce göle dönüp su içmeye devam etti.

Susuzluğunu giderince geri çekilip kıyıya oturdu. Patikanın ucunu görebilmek için yan döndü. Kollarıyla dizlerini sardı, sonra da çenesini dayadı dizlerine.

Güneş vadiden yukarı tırmanırken dağların zirveleri gittikçe artan bir ışıkla pırıl pırıl parlıyordu.

"Unutmadım işte, unutmadım. Çalılığa saklanıp George'u bekliyorum işte," dedi alçak sesle. Şapkasını gözlerinin üstüne indirdi. "George çok kızacak bana," dedi. "George yalnız olmak istiyordu, benim başımı ikide bir belaya sokmamdan sıkılmıştı artık." Başını çevirip dağların parlak zirvelerine baktı. "Şu dağların oraya gidip kendime bir mağara bulabilirim," dedi. "Hiç ketçabım olmaz ama orada ... neyse boş ver ... madem George beni yanında istemiyor ... ben de uzaklara giderim. Çok uzağa gideceğim," diye devam etti konuşmaya kederle.

Sonra Lennie'nin zihni ufak tefek yaşlı bir kadın yarattı birden. Kalın camlı ve çerçeveli bir gözlük takmıştı kadın. Cepli, upuzun, ekose bir önlük vardı üstünde. Tertemizdi üstü başı da yüzü de. Lennie'nin önünde elleri belinde duruyordu şimdi, hareketlerini hiç onaylamadığını belirten sert bakışlarla süzüyordu onu.

Kadın Lennie'nin sesiyle konuşmaya başladı: "Kaç kez söyledim sana," dedi. "Kaç kez söyledim sana, 'George'un sözünü dinle, o çok iyi biri, sana da çok iyi davranıyor' diye kaç kez söyledim. Ama sen hiç dinlemedin beni. Hep kötü şeyler yapıp durdun."

Lennie cevap verdi: "Elimden geleni yaptım Clara Teyze. Gerçekten yaptım. Hep iyi olmaya çalıştım. Ama olmadı işte."

"George'u düşünmüyorsun hiç," diye devam etti kadın Lennie'nin sesiyle. "Senin için iyi şeyler yapıyor o sürekli. Bir parça kek bulsa bir yerden, yarısını hatta daha fazlasını sana veriyor. Ketçap olursa yanında hepsini yemeğine dökmen için sana veriyor."

"Biliyorum," dedi Lennie üzüntüyle. "Elimden geleni yaptım Clara Teyze. Gerçekten yaptım."

Kadın Lennie'nin sözünü kesti: "Sen olmasaydın yanında öyle güzel zaman geçirebilirdi ki o. Bir geneleve gidip parasını dilediği gibi harcardı ya da bilardo salonunda saatlerce bilardo oynardı. Ama o bunları yapmadı, senin yanında oldu ve sana baktı hep."

Lennie kederle inledi. "Bunu biliyorum Clara Teyze, biliyorum. Şimdi hemen o dağlara çıkıp bir mağara bulacağım kendime. Gidip orada yaşayacağım, böylece George'un başına dert olmam."

"Boş laf," dedi kadın sert bir sesle. "Söyleyip duruyorsun bunu, ama sen de çok iyi biliyorsun bu söylediğini hiçbir zaman yapmayacağını. George'un dibinden ayrılmayıp çocuğun başını belaya sokmaya devam edeceksin."

"Uzaklara gidebilirim gerçekten artık. Hem nasıl olsa George tavşanlara bakmama izin vermez artık," dedi Lennie.

Clara Teyze yok oldu birden. Onun yerine Lennie'nin zihninden bu kez kocaman bir tavşan çıkıp geldi. Lennie'nin karşısına geçip oturdu. Kulaklarını sallayıp burnunu oynatıp duruyordu. O da Lennie'nin sesiyle konuşuyordu.

"Tavşanlara bakacakmış," dedi küçümseyen bir tavırla. "Seni kaçık seni. Tavşanların yanına bile yaklaşamazsın sen. Yemek vermeyi unutur açlıktan öldürürsün onları. Sen beceriksizin tekisin. Senin elinde ölür tavşanlar. Peki George ne der o zaman?"

"*Unutmam* yemek vermeyi," dedi George yüksek sesle.

"Unutmazmış," dedi tavşan. "Senin beş paralık değerin bile yok aslında. Tanrı biliyor ki George elinden geleni yaptı seni kurtarmak için, ama sen onu dinlemedin ki hiç. George'un tavşanlara bakmana izin vereceğini sanıyorsan hâlâ kafayı iyice üşütmüşsün demektir. Artık izin vermeyecek sana kesinlikle. Seni şöyle sopayla sıkı bir dövecek, bak buna emin olabilirsin işte."

Lennie kavgacı bir tavırla cevap verdi: "Dövmeyecek beni. George öyle bir şey yapmaz. George'u ben ta ne zamandan beri tanıyorum, unuttum şimdi tanıştığımız zamanı ama, işte o gün bugün bana sopayla vurmamıştır hiç. Bana hep iyi davranmıştır. Hiç ama hiç kötü olmamıştır bana karşı."

"Ama bıktı artık senden," dedi tavşan. "Önce sana temiz bir dayak atacak, sonra da seni bırakıp uzaklara gidecek."

"Hayır, bu dediklerini yapmaz o," diye bağırdı Lennie korkudan çılgına dönmüş bir halde. "Böyle bir şey yapmaz kesinlikle. George'u iyi tanırım ben. İkimiz birlikte yolculuk ediyoruz."

Tavşan yumuşak bir sesle yineledi söylediklerini: "Seni bırakıp gidecek. Zavallı kaçığın birisin sen. Tabii ki bırakıp gidecek senin gibi bir kaçığı. Seni yapayalnız bırakıp gidecek."

Lennie elleriyle kulaklarını kapadı. "Gitmeyecek, sana söylüyorum dinle beni, o gitmeyecek." Bağırmaya başladı: "Ah! George! George!"

George çalılığın içinden sessizce çıktı, tavşan da hızla Lennie'nin zihnine döndü.

"Ne diye bağırıp duruyorsun böyle?" diye alçak sesle sordu George. Lennie dizlerinin üstünde doğruldu. "Beni bırakıp gitmeyeceksin değil mi George? Beni bırakmayacağını biliyorum."

George yaklaşıp Lennie'nin yanına oturdu. "Tamam, bırakmayacağım."

"Biliyordum, biliyordum işte," diye bağırdı Lennie. "Sen öyle biri değilsin."

George hiç konuşmadan durdu öylece.

"George," dedi Lennie.

"Evet?"

"Kötü bir şey yaptım ben yine."

"Önemi yok artık," dedi ve sessizliğe gömüldü yine.

Şimdi sadece dağ zirvelerinin en yüksek noktaları parlıyordu. Vadiyi mavi renkte hoş bir gölge kaplamıştı. Uzaklardan birbirine bağıran adamların sesleri geldi. George başını çevirip bu sesleri dinledi.

"George," dedi Lennie.

"Evet?"

"Bana kızmayacak mısın?"

"Kızmak mı?"

"Evet, daha önce hep yaptığın gibi. 'Sen olmasaydın yanımda elli dolarımı alır...' diyordun ya hani."

"Tanrım, Lennie! Olayların hiçbirini hatırlamıyorsun ama ağzımdan çıkan hiçbir lafı da unutmuyorsun."

"Söylemeyecek misin yine öyle?"

George silkindi şöyle bir olduğu yerde. Sonra duygusuz bir sesle konuşmaya başladı: "Yalnız olsaydım ne kadar rahat bir hayatım olurdu benim." Tekdüze bir sesle hiç vurgu yapmadan konuşuyordu. "Bir iş bulur, başımı belaya sokmadan yaşar giderdim." Sustu birden.

"Devam etsene," dedi Lennie. "Ayın sonu geldiğinde de ..."

"Ayın sonu geldiğinde de elli papeli cebime indirdiğim gibi ... geneleve giderdim..." Durdu yine.

Lennie sabırsızlıkla bakıyordu George'a. "Devam etsene George. Bana kızıp öyle konuşmayacak mısın?"

"Hayır," dedi George.

"Ben uzaklara gidebilirim," dedi Lennie. "Şu dağların oraya gidip bir mağara bulurum kendime eğer sen beni yanında istemiyorsan."

George silkindi yeniden. "Hayır," dedi. "Benim yanımda burada kalmanı istiyorum."

Lennie açıkgöz bir tavırla şöyle dedi: "Anlatsana yine... Eskiden anlattığın gibi."

"Neyi anlatayım?"

"Öteki çocuklarla bizi."

George anlatmaya başladı: "Bizim gibilerin ailesi yoktur. Biraz paraları olduğunda hemen harcayıp bitirirler. Onları düşünen tek bir kişi bile yoktur bu dünyada..."

"*Ama biz öyle değiliz,*" diye sevinçle bağırdı Lennie. "Şimdi bizi anlatsana."

George bir an sustu. "Ama biz öyle değiliz," dedi sonra. "Çünkü..."

"Çünkü sen varsın benim yanımda ve..."

"Ben varım senin yanında. Biz ikimiz hep birbirimizin yanındayız, işte böylece bizi düşünen biri var bu dünyada," diye bağırdı Lennie zafer kazanmış gibi, sevinçten yerinde duramayarak.

Hafif bir akşam rüzgârı çıktı gölün kıyısında, yapraklar çıtırdadı, rüzgârın oluşturduğu dalgalar yeşil gölün yüzeyini kapladı. Erkeklerin bağırışları duyuldu yine, şimdi daha yakından geliyordu bu sesler.

George şapkasını çıkardı. Sesi titreyerek "Şapkanı çıkar sen de Lennie. Hava güzel," dedi.

Lennie itaatkâr bir tavırla şapkasını çıkarıp yere koydu hemen. Vadiyi kaplayan gölge daha da mavileşti, akşam hızla çöktü. Rüzgâr çalılıktaki çıtırtı seslerini taşıyıp onlara getirdi.

"Hadi nasıl yaşayacağımızı anlatsana yine," dedi Lennie.

George uzaktan gelen sesleri dinliyordu. Bir an endişeli ve ciddi bir ifade kapladı yüzünü. "Şimdi nehrin karşı kıyısına bak Lennie, böylece ben anlatırken sen de orada görebilirsin anlattıklarımı."

Lennie başını çevirip gölün karşı kıyısına, Gabilan Dağları'nın kararmakta olan yamaçlarına baktı. "Küçük bir arazimiz olacak," diye anlatmaya başladı George. Elini yan cebine sokup Carlson'ın tabancasını çıkardı, emniyetini açtı, tabancayı tutan elini Lennie'nin tam arkasındaki kuma koydu. Lennie'nin ensesine, omurgasıyla kafasının birleştiği noktaya baktı.

Nehrin üst tarafından bir erkek sesi geldi, sonra ona cevap veren bir başkasının sesi duyuldu.

"Devam etsene," dedi Lennie.

George tabancayı kaldırdı, eli titredi, sonra yine kuma indirdi elini.

"Devam et," dedi Lennie. "Nasıl yaşayacağımızı anlat. Küçük bir arazi alacağız önce."

"Bir ineğimiz olacak," dedi George. "Bir domuzumuz ve tavuklarımız da olacak belki ... sonra bir de ... küçük bir yonca tarlamız..."

"Tavşanlar için," diye bağırdı Lennie.

"Tavşanlar için," diye yineledi George.

"Tavşanlara ben bakacağım."

"Tavşanlara sen bakacaksın."

Lennie mutlulukla sarsılarak güldü. "Ve ihtiyacımız olan her şey kendi toprağımızda olacak."

"Evet, öyle olacak."

Lennie başını çevirdi.

"Hayır Lennie bunu yapma. Nehrin karşı kıyısına bak, anlattığım yeri orada göreceksin şimdi."

Lennie söyleneni yaptı. George başını eğip tabancaya baktı.

Şimdi çalılıktan çıtırtı sesleri gelmeye başlamıştı. George başını çevirip o tarafa baktı.

"Hadi devam et George. Ne zaman yapacağız bunları?"

"Çok yakında yapacağız."

"Sen ve ben."

"Evet, sen ... ve ben. Herkes sana iyi davranacak. Başın artık hiç belaya girmeyecek. Kimse kimsenin canını yakmayacak, kimse kimseden bir şey çalmayacak."

"Bana kızdığını sanmıştım George," dedi Lennie.

"Hayır," dedi George. "Hayır Lennie. Kızmadım sana. Ben sana aslında hiç kızmadım ki, şimdi de kızgın değilim. Bunu bilmeni istiyorum."

Sesler yaklaşmıştı iyice. George tabancayı yerden alıp sesleri dinledi.

"Şimdi yapalım hemen. Araziyi hemen şimdi alalım," diye yalvardı Lennie.

"Tabii, hemen şimdi. Hemen yapacağım. Şimdi yapacağız."

George tabancayı kaldırdı, namluyu Lennie'nin ensesine yaklaştırdı. Eli tir tir titriyordu, ama yüzünde kararlı bir ifade vardı, silkindi ve elini sabitleştirdi. Tetiği çekti. Çıkan gürültü dağlara yükseldi, sonra aşağıda yankılandı. Lennie titredi, sonra yavaşça öne doğru kumun üzerine düştü, orada öylece hareketsiz kaldı.

George titredi ve elindeki tabancaya baktı, sonra onu nehrin kıyısında kül yığınının bulunduğu yere doğru fırlattı.

Çalılıktan erkeklerin bağrışmaları ve koşma sesleri geliyordu. Slim'in bağıran sesi duyuldu: "George, neredesin George?"

George gölün kıyısında kaskatı oturmuş, tabancayı fırlatan sağ eline bakıyordu. Erkeklerden oluşan grup kıyıya doluştu birden. Başlarında Curley vardı. Kumda yatan Lennie'yi gördü. "Tanrım, onu vurdun demek?" Yaklaştı ve eğilip önce Lennie'ye baktı, sonra başını kaldırıp bakışlarını George'a çevirdi. "Tam ensesinden," dedi alçak sesle

Slim hızla George'un yanına geldi ve onun yanına oturdu. İyice yaklaşıp "Üzülme," dedi. "İnsan bazen mecbur kalır bunu yapmaya."

Carlson George'un tepesinde dikilmiş duruyordu. "Nasıl yaptın bunu?" diye sordu.

"Yaptım işte," dedi George yorgun bir ifadeyle.

"Benim tabancamı o mu almış?"

"Evet, tabancan ondaydı."

"Sen de ondan tabancamı aldın, sonra da vurdun onu, öyle mi?"

"Evet, öyle oldu." George'un sesi fısıltıya dönüşmüştü neredeyse. Tabancayı tutmuş olan sağ elinden ayıramıyordu gözlerini.

Slim, George'u dirseğinden tuttu. "Hadi kalk George. İkimiz gidip bir kadeh bir şey içelim."

George, Slim'in yardımıyla ayağa kalktı. "Evet ya, bir kadeh içki."

"Bunu yapmak zorundaydın George. Gerçekten bunu yapmak zorundaydın. Şimdi gel benimle," dedi Slim. George'u patikanın ucuna doğru sürükledi, yukarıdaki karayoluna yürüdüler birlikte.

Curley ile Carlson ikisinin arkasından bakakaldı. Sonra şöyle dedi Carlson: "Bu ikisinin canı niye sıkkın, hiç anlamadım ben."